曼陀罗悬疑馆
给您最好看的原创悬疑小说

Lonesome Road

惴惴独行

[英]帕特丽夏·温沃斯 著

侯永山 译

贵州出版集团

贵州人民出版社

图书在版编目（CIP）数据

女神探希娃·惴惴独行／[英]帕特丽夏·温沃斯著　侯永山译—贵阳：贵州人民出版社，2018.6

ISBN 978-7-221-12089-2

Ⅰ.①女…　Ⅱ.①帕…②侯…　Ⅲ.①推理小说－英国－现代　Ⅳ.①I561.45

中国版本图书馆CIP数据核字（2018）第083993号

女神探希娃·惴惴独行

[英]帕特丽夏·温沃斯/著　侯永山/译

出 版 人　苏　桦
总 策 划　陈继光
责任编辑　陈继光　唐　博
特约编辑　Echo
封面设计　源之设计
出版发行　贵州人民出版社（贵阳市观山湖区会展东路SOHO办公区A座）
印　　刷　长沙鸿发印务实业有限公司（长沙市黄花工业园3号）
版　　次　2018年6月第1版
印　　次　2018年6月第1次
印　　张　8.25
字　　数　165千字
开　　本　880mm×1230mm　1/32
书　　号　ISBN 978-7-221-12089-2
定　　价　30.00元

她来了，女神探希娃小姐！

《女神探希娃》（中文版）系列悬疑推理小说序

日本"侦探推理小说之父"江户川乱步曾说过："要写出堪称一流的文学作品，却又不失去推理小说的独特趣味，是非常困难的事情。但是，我并不完全否认成功的可能性。"不得不说，这种可能性在《女神探希娃》系列悬疑推理小说中得以完美实现。

众所周知，第一次世界大战和第二次世界大战之间这段时期，被称为是西方侦探小说的"黄金时代"。当时，仅英美两国，就出现了数以千计的侦探小说。阅读侦探故事已不仅仅是有钱阶级的一种消遣，下层阶级的人也竞相阅读起来，这无疑刺激了侦探小说作家们的创作热情。于是，密室杀人等罪案侦破题材被大家争相追捧，"谋杀案"逐渐成为了每一部小说必不可少的元素。人们热衷的不仅仅是善恶的斗争，罪犯的作案手法和动机才是被关注的重点。在那段时间里，侦探小说作家们绞尽脑汁，创作出了一部部令人拍案叫绝的优秀作品，不少别具一格的侦探形象也由此而诞生，并流传于世。

《女神探希娃》系列小说的作者帕特丽夏·温沃斯，一生亲历两次世界大战，历尽人间疾苦。她的丈夫在第一次世界大战的军舰沉船中丧生。为了养活三个儿子和一个女儿，帕特丽夏拖着病弱之躯，开始废寝忘食地进行创作，没想到一举成名，家喻户晓，成为英国密室杀人小说的开山鼻祖。是她，将密室杀人小说的模式发扬光大，使它成为最引人瞩目的一种推理类型。帕特丽夏也因此成为英国推理小说界的代表人物，与"侦探小说女王"阿加莎·克里斯蒂双姝并列。《女神探希娃》是帕特丽夏最为成功的系列小说，故事情节惊险曲折，引人入胜，构思令人拍案叫绝，赢得了英国民众的喜爱，在英国媒体《每日电讯》和犯罪文学协会举办的公众评选投票中名列前茅。不仅如此，该系列小说在美国、德国、法国、荷兰、意大利、葡萄牙等国家也广为流传，并跻身于各国畅销书排行榜前列。

希娃小姐是帕特丽夏塑造得最为成功的一个人物形象，说她的影响力不亚于"神探福尔摩斯"也不为过。初次拜读该系列的原版小说时，我便对小说中那个优雅老练、有点另类还带点神经质的女侦探希娃小姐的形象产生了莫名的好感。希娃小姐只是一名普通的退休家庭女教师，却干起了私人侦探的工作。她为人彬彬有礼，讲话时总是爱引用丁尼生勋爵的诗句，看起来弱小而又无害，这恰恰成为她与受害人亲属打成一片的便利条件，情报总是来得异乎寻常的轻松。她心思极其机敏，但外表波澜不惊，喜欢在倾听与案件相关的描述时有条不紊地摆弄针线活，而往往在她眼神流转之间，案情便已见眉目。这种平和安静的气场，却暗藏着出其不意的震慑力，让她自如地奔走于警察局以及名门大宅之间。不管是谎言、伪装、杀机，还是试探，在她面前都无处遁形。

生活的百般苦难使帕特丽夏洞悉了生而为人的种种原罪——贪婪、傲慢、怨恨、残暴……因而造就了她笔下人物的血肉灵性。

如果说阿加莎·克里斯蒂是心理博弈与气氛营造的大师，那么帕特丽夏·温沃斯则是剖析人性与密室设计的专家。《女神探希娃》系列悬疑推理小说，记录了种种离奇的谋杀案件，它的主角常常是柔弱的女子，身处亲情、爱情、友情的种种旋涡之中，挣扎、徘徊、抗争。小说的背景往往设置为英国的上流社会，涉案人物大抵有着复杂的身世，特权阶层中的尔虞我诈，钩心斗角，金钱腐蚀下人性的贪婪与不堪被帕特丽夏刻画得入木三分。财富与亲情，孰重孰轻？爱情与婚姻，是否等价？情感与金钱的矛盾，人性与智慧的较量，均在作品中表现得淋漓尽致，令人读时兴致盎然，读后意犹未尽。

《女神探希娃》系列悬疑推理小说，全套共32册，由于种种原因，一直湮没在历史的长河中，未曾整体翻译引进到中国大陆，实为憾事。此次，应广州原典纪文化传播有限公司之邀，我主持翻译了《女神探希娃》系列小说中文版，并得到了贵州人民出版社策划部主任陈继光老师的大力支持，在此深表谢意。同时，也要感谢参与本书翻译的诸多译者，感谢他们为全球华文读者奉献了一套风格迥异、独具特色的推理小说典范。

让我们在美好的阅读时光中，记住这位神奇的女侦探：莫德·希娃！

郑榕玲

二〇一八年五月于广州

目 录

第一章
有人想杀我

　　瑞秋·特勒赫恩从头等车厢里走了出来，她此行的目的地是伦敦。走出检票口，她往出口处走了几步，突然停下来，抬头看了看车站的大钟，时针正指向十一点，还有充足的时间去喝杯茶。喝茶还是喝咖啡呢？茶点室的茶比咖啡更好，还是更糟呢？其实，这个问题没什么实际意义。

　　特勒赫恩小姐走进茶点室的时候，决定喝咖啡。相对茶来说，她不太喜欢咖啡，因此并不介意咖啡的好坏。不管怎么说，咖啡是滚烫的。尽管她穿着保暖套服和一件毛皮大衣，但还是感到很冷。她离开家的时候，正在下雪，但是伦敦这里没有下雪，只是感觉空中有下雪的意思，头顶一片黑暗，看起来好像要变成雾。瑞秋·特勒赫恩颤抖着，开始喝起滚烫香甜的咖啡。喝完咖啡，她确实感到暖和了一些。她看了看手表，现在是十一点十分，她的约会是在十一点半。

她穿过车站，叫了一辆出租车，并给出了地址：

"西勒哈姆西南大街 SW 蒙塔古大厦。"

引擎启动，出租车开始前行，她斜靠在角落里，闭上了眼睛。她现在不能退却了。当她写信约见的时候，她对自己说："我不能独守这个秘密了。"写信取消约见很容易，就说现在没必要了就行了。但她没有这样做。莫德·希娃小姐说，她很高兴在 11 月 3 日星期三与她会面，此刻，瑞秋·特勒赫恩就是去赴约的。

在火车上，她就在想："我不去见她了。我可以打电话给她，就说我改变主意了。我可以去逛街购物，然后回家——不，我不能就这样回家。"她独守这个秘密太久了，如果不找人倾诉，她再也忍受不了了。

事已至此，她一定要见希娃小姐。她不必把一切全告诉她，但既然已经预约了，就一定要赴约。如果希娃没有给她留下好印象，再退却也不迟，就说她需要时间慎重考虑一下，然后让秘密慢慢淡去。这个想法让她不寒而栗。"不，不，那样是不会解脱的。我必须告诉别人，我不能再忍受下去了。"

她睁开眼睛，坐直身子。她感到很冷，但是她决心已定，很久以来，她一直想找一个人倾诉，抛掉这种可怕的恐惧负担。这样想着，那些顾虑消失了。她下定了决心，不管结局如何，不抛掉负担绝不回去。

出租车停住了。她付了车费，然后走了五六步登上了通向蒙塔古大厦那庄重肃穆的入口前的台阶。大厦看起来似乎是一幢公寓楼。

石砌的楼梯，还有自己操作的那种小型电梯。瑞秋·特勒赫恩总是很害怕坐电梯，因为二十年前，她的衣服曾经被电梯的铁格栅夹住，险些丧命。那件事发生在威尼斯，当年她十九岁，一个美国人用强有力的大手撕碎了她的衣服，才把她拽了出来。说来奇怪，如今她忘记了那人的模样，从来不知道他的名字，却记得那双救过她命的强壮有力的大手。从那以后，一坐上电梯她就觉得浑身不舒服。当然，"一朝被蛇咬十年怕井绳"未免有点愚蠢。

她很好地控制了电梯，很快来到了 15 号门前。门铃上方的一个小黄铜牌子上写着"私人侦探希娃小姐"。她快速摁响了门铃，顿时感到一种暂时的解脱。如果父母从小教导你做淑女，你是不会玩那个按了门铃就跑的恶作剧的。

一个打扮过时的健壮女人打开了门。她穿着深色的印花衣服，外加一条白色的大围裙，看起来像个大腹便便的厨师，而她不应该出现在伦敦的公寓里。

她满脸堆笑地说道："快进来吧，外面太冷，这些石砌的走廊里到处漏风，大门还敞开着。你是特勒赫恩小姐吧？希娃小姐马上接见你。"

她打开了第二扇门，瑞秋·特勒赫恩走进了一个房间，这房间不像办公室，倒像是维多利亚时代的客厅。地上铺的是鲜艳的布鲁塞尔印花地毯，孔雀蓝的长毛绒窗帘令人愉悦。开放的煤火前面是毛茸茸的地毯。有一些古怪的维多利亚式椅子，椅子有弓形腿、装饰圈和弯曲的腰身。壁炉架上是一排镶有银框的照片，照片上方是钢板雕刻的米莱的《黑色布伦瑞克》。对面的墙上有《灵魂的觉醒》和《泡影》，壁纸上覆盖着一束束紫罗兰。它们把时钟拨回到了四十年前。

在布鲁塞尔的地毯中央，矗立着一张黄色的胡桃木雕花写字台。写字台旁坐着一个身穿黄褐色衣服的女人。灰白的头发在头的后面梳成了圆形的发髻，前额留着松散的发卷。这让人联想到已故的亚历山大女王，她所有的头发都是被网子罩住的。刘海下面是端庄的五官、难以确定其年龄的面庞和一双灰色的眼睛。希娃小姐的肤色有些蜡黄，但她的皮肤光滑而无褶皱。在特勒赫恩小姐进门的时候，她正在处理一个信封。她写上了地址，粘好信封，把信放在了一边，然后庄重地抬起了头。

"你是特勒赫恩小姐吧？但愿你路上没有冻着。请坐吧。"

一张椅子已经放在离写字台稍远点的地方。特勒赫恩小姐坐了下来，意识到自己正在被审视着，这种审视一扫而过，但很敏锐。希娃小姐用灰色的小眼睛打量了她之后，就取出怀中的毛线，把注意力集中到编织上去了。她编织的是紧身短上衣，这是准妈妈们必做的功课。紧身短上衣的色调是粉红。一块白色的大手帕保护着希娃小姐黄褐色的膝部，不让毛线与其接触。

那双灰色的眼睛看到的是一个身材高挑匀称的女人，年龄在三十五到四十岁之间；她举止优雅，皮肤白皙，眼睛明亮有神，秀发如云，气色很深沉，但同时透露出由于恐惧而生出的颓丧；嘴唇里饱含着焦虑，眼睛像受惊的马一样左顾右盼；双手合在一起，这跟别的女人一样。

希娃小姐从编织中抬起头来，又扫了她一眼，这一眼让她对特勒赫恩小姐的装束有了完全的了解——米棕色手工编织的西装，厚重的丝袜，合脚的深褐色皮质低跟鞋，贵重的毛皮大衣，一串真正的珍珠项链，一顶棕色的毡帽。这一切都彰显着一个乡间人的品位和生活方式。

同时，这一切也表明她正在被恐惧困扰着。当特勒赫恩小姐回答说十一月的天气就这么冷有些不正常的时候，希娃小姐注意到那双握紧的手所表现出来的紧张。她织了半圈后说道："你很准时，我很欣赏守时的人。你能告诉我来见我的原因吗？"

瑞秋·特勒赫恩把身子往前倾了倾。

"我想我不该来，希娃小姐。我给你写了信，但我想还是登门道歉更好些。"

"第二种想法并不总是最好的，"希娃小姐说，"你太紧张了。你给我写信是因为你感到恐慌，你觉得你必须跟别人说出你恐慌的原因。这样才能给你带来暂时的解脱，你开始认为当初你很愚蠢……"

"你怎么知道？"瑞秋·特勒赫恩惊叫道。

莫德·希娃小姐点了点头。

"了解事情的真相是我的工作，不是吗？能告诉我是谁向你推荐了我吗？"

"没人推荐，"特勒赫恩把身子靠回椅背，"希拉里·坎宁安——她跟我的一个老朋友有联系——几个月前我在朋友家遇见了她，听她谈起过你。当我再也无法忍受的时候，我想起了你的名字，于是我在伦敦电话簿里查找你。但是，希娃小姐，我不想让任何人知道。"

希娃小姐又点了点头。

"那是自然，特勒赫恩小姐。我所有的工作都是非常机密的。丁尼生勋爵说得好：'要么完全相信我，要么根本不相信我。'我经常向我的客户说这句话。丁尼生勋爵是一个伟大的诗人，遗憾的是现在被忽视了。说实在的，如果你不和盘托出，我就无法帮你。"

特勒赫恩说道："没有人能帮我。"

希娃小姐的针突然发出了响声。

"这听起来很傻，"她轻咳了一声，继续说道，"还有些不够虔诚。如果你不允许别人帮助你，当然别人就帮不了你。把你的烦恼告诉我，看我能不能帮你。"

希娃小姐的话让瑞秋·特勒赫恩突然想起了她的学生时代。记忆超群的巴克小姐遇到连智者纳坦都无法解决的难题或者错综复杂的算术题时，所表现出的正是这种令人愉悦的效率。编织针的"咔嗒"声触动了她的心灵。她睁大黑溜溜的眼睛，对写字台对面的希娃小姐说道："我觉得有人想杀我。"

第二章
剪贴信

　　希娃小姐说道："天啊！"她的针发出的"咔嗒"声让人听了有一种慰藉的功效。她抬头看了一会儿，说道："你为什么这么想呢？"

　　特勒赫恩吸了口气。

　　"我来这里是想倾诉，但我不想把那件事说出来，因为说出来没有人会相信。现在一想到说出那件事，我的心情更糟了，我早就知道你不会相信我。"

　　"人们常这么说，"希娃小姐平静地说，"困扰他们的事情似乎让人难以置信，那是因为他们没有犯罪的经历。而我有丰富的经验。我向你保证，特勒赫恩小姐，没有我不敢相信的。现在我认为你和盘托出才好。第一，为什么有人想杀你？第二，有杀你的行为吗？如果有的话，情况如何呢？第三，你怀疑害你的人是谁呢？"她一边说，一边放下编织活儿，从右边抽屉的上层取出一个红色的笔记本，打开，蘸了下钢笔，认真地写上了标题。

这些动作对特勒赫恩小姐有一种奇怪的镇静效果。无论她说什么，都会被记录在那个小本子里。小本子再一次触动了她的学生情结，就是在这样的本子上，她曾经随手写下了经典名句："你有园丁阿姨的笔吗？"

希娃小姐抬起头来的时候，她已经准备好了要说的话。

"我不知道你是否相信我。你看，就连我自己也不知道该不该相信。你不认识我，但如果你问一下认识我的人，我想他们会告诉你我生性并不多疑，或歇斯底里。我一直有很多事情要做，我根本没有太多的时间去考虑我自己，我有别的兴趣。"

"是吗？"希娃小姐说道，"是什么兴趣呢，特勒赫恩小姐？"

"你听说过罗洛·特勒赫恩吗？"

"啊，"希娃小姐说道，"罗洛·特勒赫恩敬老院，当然听说过。你与敬老院有什么关系吗？"

"我是罗洛·特勒赫恩的女儿。他在美国赚了一大笔钱——这你可能知道——他委托我来管理这笔钱。他在十七年前去世了，就是这笔钱让我忙忙碌碌。"

"建敬老院是你自己的主意吗？"

瑞秋·特勒赫恩犹豫了一下。

"我想是的。我有一位年迈的家庭教师——我们都很喜欢她。她一辈子为别人工作，老了生活凄苦，我觉得这不公平。在考虑如何处置这笔钱的时候，我想到了贝克小姐，于是我萌生了建立罗洛·特勒赫恩敬老院的想法。"

"你把你父亲所有的钱都用在敬老院上了吗？"

"哦，没有，那笔钱我只能动用一部分，绝大部分被封存了起来——以奇怪的方式封存了起来。"她停了一下，声音变了，"我可以在遗嘱里留给别人，但不能送人，有点儿不好解释。从法律上来讲，我有权自由支配这笔钱，但实际上，我受到父亲遗嘱的约束。这就是他把所有钱留给我的原因——他知道我会按他的遗嘱去办。"

希娃小姐的眼睛又挑了起来。她注视了罗洛·特勒赫恩的女儿一会儿。黑发下重重的眉毛、大大的眼睛，敏感的鼻孔，紧闭着却并不薄的双唇，为笑而生的嘴巴和厚实的下巴。她懂了为什么这个女人掌管着财富。因为财富对她来说是一种负担，而不是玩具。她说："原来如此，你是道义上的受托人，我相当理解。"

特勒赫恩小姐把胳膊肘戳在写字台上，手捧着脸颊。

"很难界定，"她说，"我必须告诉你背景，因为离开了背景，你就无法理解。"

"大约三个月前，我收到了一封匿名信。当然，我以前也收到过，但是这次有所不同……"

"但愿你还保存着这封信，特勒赫恩小姐。"

瑞秋摇了摇头。

"哦，没有，我当场就把信撕毁了。信对你没有帮助。只是把从报纸上剪下的文字贴在最常见的白色信纸上。没有开始也没有签名。信上说：'你拿这笔钱已经够久的了，该轮到别人保管了。'"

"是邮寄来的吗？"

"是的，伦敦的邮戳。那是在八月二十六日。一周后，又来了一封，信的内容非常短：'你活得够久了。'一周后，又来了第三封信：'准备去死吧。'"

希娃小姐说："天啊！你怎么不把信保留下来呢？太遗憾了。信封上的地址是怎么写的？"

瑞秋·特勒赫恩动了动，靠在椅背上说道："信的奇怪之处就在这里。每封信的地址都是从我收到的信封上剪下贴上去的。"

"你是说信封都是旧的吗？"

"不，不是信封。就是把我以前信上的名字和地址剪下来粘在新信封上。"

"他们是从什么信上剪下来的？"

"第一封用的是我姐姐梅布尔的信，第二封用的是表妹埃拉·卡姆伯顿的，第三封用的是另一个表妹卡洛琳·庞森比的，她是一个年轻女孩。当然这件事与她们毫无关系，我早就收到了她们的信，把信封放到一边。"

希娃小姐说："我明白了。"她继续织毛衣。当她觉得沉默够长了的时候说道："研究细节之前，我想知道所有的情况。你来这里不是只给我讲这些信的吧？你还有话要说……"

又是沉默。希娃小姐继续织毛衣。

最后，瑞秋·特勒赫恩说出来两个字："是的。"

"那你能告诉我吗？"

瑞秋·特勒赫恩小姐的手落在额头上，好像要挡住眼睛。然后用平缓的语气低声说道：

"收到最后一封信后一两天，我险些摔倒在楼梯上。那天我刚刚给狗洗完澡，正抱着它。我想让它到楼下再抖落身上的水，所以我走得很快。就在我踏上楼梯时，我的女仆路易莎·巴尼特抓住我的手臂。'哦，瑞秋小姐！'她说着把我拉了回来。我们从孩提时起就一直在一起，她对我很忠诚。我看到她脸色煞白，浑身发抖。她紧紧抓住我，说道：'如果不是我拽住你，你就没命了。我上楼时都差点摔倒，何况你是下楼，怀里还抱着内瑟尔——肯定凶多吉少！'我问路易怎么回事，她说：'你自己看看吧，瑞秋小姐！'"

"你看到了什么？"希娃小姐颇感兴趣地问道。

"楼梯直上直下，中途有楼梯平台。楼梯是橡木做的，没有铺地毯。当路易莎拽住我的时候，我已经到了楼梯平台。我不允许楼梯高度抛光，但是当我低头看去，发现前三节踏板就像玻璃一样光滑明亮。路易莎刚刚上楼来说她滑倒了，她感觉像走在冰上一样。她的双手和膝盖着地，幸好抓住了楼梯扶手。我怀里抱着狗，应该会摔得更惨，摔不死也得重伤。女佣是当地的女孩，很稳重，但不太聪明。她说她像往常一样擦的楼梯。"瑞秋·特勒赫恩笑了笑，"我从来没有抱怨过她擦得太过分！"

"你是什么时候上楼的，或者有其他人上下楼吗？"

"据我所知，整个下午都没有。我不想小题大做，或者问这个访那个。家里住满了人。我在我的房间里写信；我的妹妹在休息；姑娘们在花园里；其他人都出去了。我在四点半给内瑟尔洗完澡，所以，三点前没人上下楼。"

"有足够的时间来打磨三个台阶。"希娃小姐说。

瑞秋·特勒赫恩没有回答，但过了一会儿，她继续说："如果不是这些信的话，我也不会再想起这件事了。我极力说服自己这只不过是小事一桩，但我就是无法忘记。你看，楼梯一般在早餐之前就会收拾完，如果那天也是这样的话，四点半之前就应该有人摔倒了；但是，如果有人在下午趁大家都不在的时候抛光楼梯，那就是故意让人摔倒。看完这些信之后，我不由得想到这是要加害于我。这个想法总是在我的脑海里，挥之不去。"

"你知道用的什么抛光剂吗？"

"哦，知道。那是一些家庭主妇正在试用的产品——一种名叫'亮滑'牌子的新产品。但我不让用在地板上，因为太滑了。"

又是一阵沉默。希娃小姐放下她的针织活儿，在她闪光的本子里写着，然后她说："还有吗？"

瑞秋·特勒赫恩把手从她的眼睛处挪开，说道："哦，是！"

希娃小姐轻声咳嗽了一下。

"你最好一气儿说完。之后发生了什么呢？"

"大概一周平安无事。然后路易莎·巴尼特发现我屋里的窗帘着了火。她把火扑灭了，没有造成多大的损失，但这不可能是一场意外。房间里没有明火，窗帘怎么可能着火呢？我并没有什么真正的危险，但是接二连三发生这些事情，怎不让人忧心忡忡呢？"

希娃小姐的针响了一下。

"一场大火总是令人不快。"她说。

特勒赫恩小姐靠在了椅背上。

"最糟糕的事情发生在四天前。正是这件事让我来这里找你。但是我一直在想该不该告诉你这件事。这么卑鄙……"

她用缓慢的、近乎迷惑的方式说了最后几个字。

希娃小姐捡起她的粉红色线球，抖落下一些毛线，诚恳地说道："你最好不要停顿，继续说吧。"

如果换个场合，瑞秋·特勒赫恩可能会忍不住笑。即使在此刻，一丝幽默一闪而过。她说："我知道。我会尽快告诉你这件事的。礼拜六我在雷德灵顿买了些东西，我带回家一盒巧克力。在家里，只有我喜欢软核儿巧克力，所以我选择了一种比较硬的，但是我让他们取出几个，放进一些我最喜欢的。巧克力上打印着名字，这样，你就知道吃的是什么巧克力了。晚饭后我把巧克力分发给他们，大家都很开心。我吃了两块软核儿的，很好吃。我把巧克力盒子拿到我的房间里，因为路易莎·巴尼特也喜欢巧克力。她跟我一样不喜欢硬核儿的。我买的时候她和我在一起，我知道她会期待她的那份儿，所以我让她随便吃。她吃了一块，几乎马上就跑进浴室吐了出来。漱完口之后，她回到房间里。她很不安地说：'巧克力就像胆汁一样苦。瑞秋小姐，有人想要伤害你，你躲不掉的。'她把那盒巧克力交给我，我们仔细检查了一下。那些硬核儿的没事儿，我们把它们放在了一边。还剩下十几个软核儿的，其中三个底部有小洞，然后又填塞好的。做得很巧妙，但还是看得出来。我用舌头尝了尝填塞进去的东西，太苦了！我把剩下的巧克力都烧掉了。"

"你做得很愚蠢，"希娃小姐突然说，"你应该把它们化验一下。"

瑞秋做了一个绝望的手势，她的手从膝盖处抬起来又落下去，只回答了四个字："不可能的。"

第三章
家庭调查

　　希娃小姐在静默中等待着，织完一行以后，她说道："这是为希拉里·坎宁安的孩子做的。甜蜜的颜色，很精致。"

　　瑞秋·特勒赫恩的目光在浅粉色的毛线上停留了一会儿，心不在焉地说道："我不知道希拉里有个孩子。"

　　"一月出生的。"希娃小姐又开始织另一行，"特勒赫恩小姐，我想我们还是继续吧。请你告诉我三件事情。首先，为什么有人要杀你？你还没有正面回答这个问题，你只是说你的父亲是罗洛·特勒赫恩，他给你留下了一大笔财产，你有裁量权。"

　　特勒赫恩小姐没有看她，说道："也许是吧。"

　　"我问你第二个问题，是不是有人蓄意谋害你，如果有的话，情况如何。对此，你给出了充分的回答。第三，我问你怀疑凶手是谁。我有必要听到你对第三个问题的回答。"

特勒赫恩说："你说得对。"沉默了很长一段时间之后，她的手再一次放在她的大腿上。她低头看着双手，即使开始说话时，也没有抬起眼睛。

"希娃小姐，我觉得你值得信任。我的为难之处是——我只有对你毫不隐瞒，你才能知道如何帮助我，这就是症结。无论你费多大劲，我也不可能毫无保留地把一切都告诉你。我带着恐惧和怀疑来审视这个问题，审视相关的人，我理不出头绪。既然我自己都看不清，我只能有选择地告诉你，选择合适的字眼向你——一个陌生人——表达烦乱的心境。你无法印证我跟你所讲的真实与否，因为你不认识我谈及的人，不了解我所处的环境。所以，我无法让你全面了解真相，明白了吧？"

"我知道你非常渴望一吐为快。现在你能告诉我，你的怀疑对象吗？"

瑞秋·特勒赫恩抬起了头说道："不能。"

"路易莎·巴尼特怀疑的人是谁？"

瑞秋突然转过身，与桌对面的希尔弗小姐正面相对。

"没有，"她说，"没有怀疑对象。她的怀疑是出于为我担心。正是因为这些怀疑，我才来找你的。我不能这样生活下去了，每天跟自己喜欢的人朝夕相处，然而那些可怕的怀疑总是夹在我们之间。"

"我明白了，"希娃小姐说，"让我引用丁尼生勋爵《莫德》里面的诗句吧——'邪恶藏匿何处？有人回答说，我们都是坏人。'还有'为什么他们要闲聊和平带来的好处？我们已经把他们变成了诅咒。所有的扒手都恨不得偷光所有人的东西，而在该隐精神的驱使下，贪欲之心比战场上为生计而厮杀的平民之心要好还是要坏呢？'我想这真的很合适。我担心该隐的贪欲是大量犯罪的根源。"

瑞秋·特勒赫恩低声说道："该隐？"希娃小姐点了点头。

"路易莎·巴尼特怀疑就是你家族圈子里的某个人在搞鬼，即使你自己不这么想的。意识不到这一点，一切都无法解释。"

"希娃小姐！"

"你最好面对现实。说到谋杀未遂，视而不见不行。我相信你应该明白这一点。为了你，也为了你的亲人，这件事必须澄清。你的担心可能缺乏根据，谋杀者可能另有其人，而不是你想象中的那个让你忧心忡忡的人。我们要勇敢地查清真相。现在，特勒赫恩小姐，我需要你家庭成员的详细信息以及事发时住在你家的客人名单。"

瑞秋·特勒赫恩盯着她看了一会儿，然后以平静、稳重的语气说道："我在温克丽弗有一所房子，是我父亲建造的，人们叫它温克丽弗悬崖。正如名字，房子矗立在悬崖边上俯瞰大海。在陆地一侧有很好的花园。它实际上是一座大观园，而且房子很大，能为很多客人提供住宿。因此我要雇佣很多人料理房子外面的事情，还雇了一名女管家和五名女佣负责室内的事情，室内我没有雇男人。我的管家埃文斯太太在我家二十多年了——她是世界上最好的女人之一。女仆都是当地的女孩，最远的来自莱丁顿——我了解她们，也了解她们的家庭。女佣一般结婚就离开我了。她们都是品行端正的女孩。她们当中绝不可能有人会伤害我。至于我的客人……"她停顿了一下，然后继续说道，"家里通常住满了客人。我的父亲不仅仅是为了他自己和我建造的这座房子，而是为了所有的家人聚会之用。这点大家都知道，所以，我从来不孤独。"

"你提到了一个妹妹。"

"不，是我姐姐梅布尔。她比我大五岁。她结婚时很年轻，当时，我父亲跟她定有协议。"

"他在遗嘱里没有提及她吗？"

"没有。"

"她满意吗？"

瑞秋·特勒赫恩小姐咬了她的嘴唇，说道："没有争吵，我父亲本来也没指望让每个人都满意，但他有自己的理由。"

希娃小姐轻咳了一声。

她说："人们的理由很少顾及亲戚。继续说下去，特勒赫恩小姐。你说你姐姐结婚了。她有家人吗？出事当天，他们跟你住在一起吗？"

"是的。梅布尔身体不太好。她整个八月都和我在一起。她的丈夫欧内斯特·瓦德洛周末来我家。他是一个作家，旅行写传记。他们的两个孩子也会在周末来。莫里斯二十三岁，正在读法律，准备当律师；切丽十九岁，已经订婚，正在享受美好时光。其他的客人，有我的小亲戚理查德·特勒赫恩，他是我父亲弟弟的孙子；我父亲方面的亲戚埃拉·康普顿小姐在城里有一个小公寓，但她不愿意闷在家里；我母亲方面的表兄科兹莫·弗里斯；还有他的表弟和我的表妹，卡洛琳·庞森比……"

"等一下，"希娃小姐说，"你收到那三封匿名信的时候，这些亲属中有谁跟你住在一起？"

瑞秋·特勒赫恩说："除了我的姐姐梅布尔以外，别人都不在。整个八月和九月的大部分时间她都在我身边，其他人都是在周末来。"

希娃小姐放下毛线，拿起一支铅笔。

"请写下那些日期。"

瑞秋·特勒赫恩脱口而出，就像上学时的背诵一样。

"第一封，礼拜四，八月二十六日；第二封，礼拜四，九月二日；第三封，九月九日，也是礼拜四。"

"楼梯事件发生在哪天？"

"九月十一日。"

"是一个星期六吗？"

"是的，星期六。"

希娃小姐进入了细节调查。

"你房间失火是哪天？"

"是下一个礼拜六，九月十八日。"

"巧克力事件是哪天？"

"上礼拜六，十月三十日。"

希娃小姐记了下来，然后停住笔，抬起了头。

"九月十八日到十月三十日之间什么都没有发生吗？"

"是的。我经常不在家，没有客人……"突然，她好像想起了什么，一种灿烂的色彩让她的双颊绯红。她看起来很漂亮，既吃惊又苦恼的样子。"你不会认为……"她开始说话。

希娃小姐打断她。

"亲爱的特勒赫恩小姐，我们必须冷静分析，尤其不能感情用事。我们这样做不会伤害无辜的人，只有罪犯浮出水面，无辜的人才会被证明无罪。咱们继续吧。我这里有一份你亲戚的名单——瓦德洛夫妇，你的姐姐和姐夫；莫里斯先生和切丽·瓦德洛小姐，他们的儿子和女儿；理查德·特勒赫恩先生，埃拉·康普顿小姐，科兹莫·弗里斯先生和卡洛琳·庞森比小姐，都是表亲。你说收到那些匿名信的时候，只有瓦德洛夫人在你家。我现在问你九月十一日楼梯事件发生的时候，谁住在你家？"

瑞秋·特勒赫恩的脸色恢复了原状。她说："他们都在。"

"接下来的礼拜六，九月十八日，你房间的窗帘着火的时候呢？"

"他们都在。"

"在没有客人的那六周里，没有什么可疑的事情发生吗？"

"希娃小姐！"

"我们必须冷静。事实上，在此期间没有发生什么事。但是在十月三十日星期六那天发生了巧克力事件。这些亲戚中有谁住在你家里？"

特勒赫恩小姐重复了她已经说过两次的话，但这次声音很低："他们都在。"

希娃小姐翻过一页，写下标题，然后直奔主题："现在请告诉我有关每位亲戚的情况，诸如年龄、职业、经济状况……"

"希娃小姐，我不能！"

希娃小姐慈祥而坚定地看着她。

"我亲爱的特勒赫恩小姐，你能做到。我们最好打开天窗说亮话，就目前的情况来看，你一直怀疑你的某个亲戚，这种情况让你无法忍受，必须查清。如果你有所隐瞒，我就无法帮助你。我们继续谈，就从你的姐姐梅布尔夫人说起吧。"

第四章
希娃小姐的笔记

希娃小姐记录如下：

梅布尔·瓦德洛：年龄44。神经质，体质较弱；喜欢读惊险小说；非常喜欢丈夫和孩子；可能受到父亲遗嘱的伤害。

欧内斯特·瓦德洛：年龄52。半瓶醋，旅行家、作家。从来没有赚过什么稿费；妻子的钱不太清楚。很显然，特勒赫恩小姐在帮助他们。

莫里斯·瓦德洛：年龄23。正在读法律准备当律师，倾向于社会主义。相对特勒赫恩小姐，也许他的父母更喜爱他，特勒赫恩渴望给予其公平待遇。可能很聪明，但很傲慢，不会取悦别人。这仅仅是推测。

切丽·瓦德洛：年龄19。漂亮女孩。经常外出，轻狂。通常这个年龄的人要么太轻狂，要么太严肃。

埃拉·康普顿：年龄49。罗洛·特勒赫恩大姐的女儿。

伊莉莎：靠微薄收入生活的老处女。住小的公寓，少有爱好，生活拮据。嫉妒年轻表妹的财富？特勒赫恩的语气透露出同情她，但不是真正的爱她。

科兹莫·弗里斯：年龄45。又一个半瓶醋，但却是另一种类型；有才能，但不是实干家；万事通，无一精；未婚；喜欢社交，喜欢漂亮的面孔；是母亲方的亲戚；特勒赫恩小姐钟情于他；经济状况不稳定。

卡洛琳·庞森比：年龄22。特勒赫恩的远房表亲。瓦德洛夫妇和特勒赫恩都喜欢这个女孩，怜爱之情溢于言表，称其为"最乖的孩子"。收入微薄。

理查德·特勒赫恩：年龄26。父亲方的表亲；罗洛·特勒赫恩弟弟莫里斯的孙子；建筑师，雄心勃勃的实干家。特勒赫恩对其事业有所帮助；从她说话的语气来看，他和卡洛琳没有血缘关系，很明显，她有意撮合他们。丁尼生爵士说："在春天，一个年轻人的幻想不知不觉变成了相思，没有留意十一月的寒冷。"特勒赫恩对这两个年轻人很有好感。

第五章
遗嘱

记下这些信息之后，希娃靠在椅背上，拿起那件淡粉色的外套。

"好了，都记录下来了，"说着，她开始织毛衣，"现在我想知道，假如你死了，你这些亲戚分别会得到什么经济利益？"

面对这个问题，瑞秋·特勒赫恩显得很镇静，就像面对期待已久的打击一样，她说：

"我知道你会问我这个问题，但这并不是一个简单的问题。情况非同寻常。我跟你说过我父亲把这笔钱托付我来照管，他没有用任何法律条文来约束我对这笔钱的支配，但他把他的想法告诉了我，我答应要帮他实现他的愿望。希娃小姐，我觉得我可以信任你，但是我现在要说的关系到我的父亲，你不能对任何人讲，也不能记录，好吗？"

希娃小姐看着她说道："我不会说的，也不会记录。"

瑞秋·特勒赫恩继续说下去。

"我父亲和我母亲是私奔的。母亲有一点钱，他却身无分文。母亲的钱很重要，因为正是我母亲的钱才引来了母亲方的亲戚。没有母亲的钱，他就没有启动资金。因此在处理他的财产时，他希望母亲方的亲戚和他自己的亲戚平等对待。他带她去了美国，他们经历了艰苦的创业史。他们失去了先出生的两个孩子。十年以后梅布尔出生，隔五年后我才来到这个世界，然后我母亲去世了。当时我父亲的事业才刚有起色，但从次年开始，他的财运来了，做什么都赚钱。在他廉价购买的一块土地上发现了石油，这使他一夜暴富。他回到祖国，死在了这里。他让我承诺做到的事情是这样的：他的合伙人在购买油田后并没有从中获利，他们发生了一些争吵，因为大家都认为这片土地毫无价值。他们解除了合伙关系，布伦特先生退出了。我父亲赚了大钱，他觉得应该和斯特林·布伦特共享这一利益。他告诉我，他总是按法律办事，但是人之将死，最重要的是对得起自己的良心。他努力寻找当年的合伙人，但没能找到。他告诉我那是他应得的，父亲把应该给合伙人的钱数告诉了我，并告诫我绝不能动用这笔钱，让我继续寻找布伦特先生和他的继承人。这是父亲托付我的第一件事。"

"你没能找到布伦特先生吗？"

"没有。时隔太久，恐怕他早过世了。如果我在有生之年找不到他或者他的继承人，他的钱要捐献给牛津和剑桥大学，为在那里求学的美国人提供奖学金，叫'布伦特奖学金'。"

希娃小姐赞同地点了点头。

"你说过特勒赫恩先生表达了不止一个愿望。"

"是的。我承诺他的另一件事更难兑现。他希望自己的钱能落在那些最会使用的人手中。他认为在他的死和我的死之间这段时间里，继承人的品行和境况会有所变化，孩子们会出生，年轻人会长大结婚，境况可能会出现恶化或改善，也可能会有人死去。他觉得无法决定下一代人如何来使用他的钱，所以他把决定权交给了我。这还不是最离谱的，虽然我当时还很年轻。但是，他让我承诺的是一件非同寻常的事——他让我每年都制定新的遗嘱。他说大多数人做了遗嘱之后就抛到了脑后，但他想要确保他的遗嘱与时俱进。我每年都要根据上一年所发生的情况修订遗产分配方案。"

希娃小姐的针"咔哒"作响，她说："天啊——这对一个小姑娘来说真是非常繁重的任务。"

"我答应了，并且遵守了诺言。换成现在，我不知道会不会做出这样的承诺。但当时我很年轻。我爱我的父亲，我愿意为他做任何事情。"

希娃小姐轻咳了一声。

"你父亲没有想到你会结婚吗？"

瑞秋·特勒赫恩的脸色变了，不是刚才那样的灿烂如火，而是泛起了淡淡的红晕。

"他没想到，男人都是这样。"

希娃小姐注视着她："你想到了吗？"

瑞秋·特勒赫恩苦笑了一下。

"哦，我想过，哪个女子不想呢？但是——坦率地说，男方认为我太有钱，我想他缺乏追求我的勇气。再说，我实在太忙了。"

"如果你有丈夫和孩子，你就不会忙成这样了。但是因为你没有自然的、无可争议的继承人，特勒赫恩先生的这种安排使家庭成员永远处于兴奋和不确定感之中——如果遗嘱公开了的话。现在，特勒赫恩小姐，这是一个非常重要的问题：别人知道遗嘱吗？"

瑞秋·特勒赫恩皱起了眉头，这使她显得老了许多。她缓慢而烦躁地说道："恐怕已经人人皆知了。"

"怎么知道的？谁说的？你父亲还是你呢？肯定不是你的法律顾问吧？"

"我父亲病危时把这件事告诉了我姐姐。我相信如果他头脑清醒的话，是不会那样做的。他总是给我制造麻烦。"

"最不幸的是，"希娃小姐说，"家里的每个人都知道这件事，对吗？"

瑞秋·特勒赫恩的黑眼睛里闪过一丝忧伤。

"我想应该知道。你看，当我姐姐和她的丈夫感到委屈的时候，他们会跟人说出来。我敢肯定家里的每个人都知道我在每年的一月对遗嘱修订一次。有人对此不露声色，有人对此愤恨不已，年轻的人们将其视为一个玩笑。如果他们不知道该多好啊……"

希娃小姐拿起铅笔，在梅布尔的信息上加上了"轻率"一词。她靠在椅背上说道："你现在的遗嘱内容有人知道吗？"

"我不清楚。"

"你应该知道是否有这样的可能性。"

瑞秋沉默了。

"你曾在家里写过遗嘱草案吗？"

"是的。"

"别人是否有可能看到那份草案呢？"

"我想有可能。哦，我怎么会想到有人偷看呢！"

"很抱歉让你烦恼，但我们必须想到。你把草案放在没有上锁的抽屉里了吗？"

"不，是锁着的。但我的钥匙到处乱放。"

"我明白了。我问你，如果你在每年修订遗嘱之前死去了，谁最受益呢？"

瑞秋·特勒赫恩把她的椅子往后一推，站了起来。她说：

"不，希娃小姐，我不能告诉你。"

希娃小姐仍然坐着没动，又织起了毛衣。

"你希望我接手你的案子吗？"

特勒赫恩望着她，她的眼睛在说："救救我吧。"而从她的嘴里说出的却是："如果你愿意的话，请接手。"

针发出的"咔嗒"声又响了起来。

"我想知道你是否会接受我的建议。"希娃小姐说。

特勒赫恩的嘴唇突然露出迷人的微笑，说道："如果我能接受的话。"

"回家告诉你姐姐，你趁进城的机会审阅了遗嘱，这次做了大量修改。她肯定会告诉你的其他亲戚，这样，暂时就没有人想要你的命了。"

瑞秋·特勒赫恩大惊失色。

"我不能这样做。"

"这样能保证你安然无恙。"

"不，我不会做的！我不会撒谎的——这太丢脸了！"

"那就把它变成真实的嘛，去见你的律师，更改遗嘱，让你的亲戚都知道你已经这么做了。"

瑞秋静静地站在那里，双手放在桌边上。她似乎在斜靠着桌边。最后她说："我考虑考虑吧。还有事吗？"

"有。我想去度一个短暂的假期。你能在你家附近给我推荐一间小屋吗？我应该是坎宁安家相处友好的熟人。你邀请我到你家里去应该是合情如理的事。"

"我可以邀请你住下来。"

"不要太张扬，最好让人觉得我不过是一个私人访客。"

瑞秋·特勒赫恩又笑了。

"哦，但我总是邀请各种各样的人来家里。这件事相当容易。我喜欢让那些不能回家的人留下来，并且……"她突然停住，脸红了。

但莫德·希娃小姐并没有觉得难堪。

"装作一个穷困潦倒的女绅士，我会做得很好。"她说。

"让我想想，星期六我可以去你家。你可以提及希拉里·坎宁安，但我不会强调这种关系。我认为你最好叫我退休家庭教师。"她的眼睛突然眨了一下，"这样，你的良心不会感到不安，因为我确实教过二十年的书。"

她站起身，伸出了手："我很不愿意说再见。再见吧，特勒赫恩小姐。"

第六章
狂躁的猎犬

扫码听本章节
英文原版朗读音频

特勒赫恩小姐在雷德灵顿钻进了她那辆舒适的汽车。当汽车驶过黑暗的小巷时，她不禁想到自己给人的印象多么寒酸。她的膝盖上盖着毛皮围毯，司机巴洛沉着稳重、尽职尽责，有谁会相信在这种安全的外表下，她正在经历一场惊魂噩梦，一场与怀疑的痛苦斗争。看着巴洛坚实的后背，连她自己也不敢相信噩梦的存在。

她希望家里人不多——只有梅布尔、欧内斯特和卡洛琳，她还是个孩子，不算数。她想到理查德可能会出现，但她总是愿意看到理查德。她很累，但在晚饭前她希望有一段清静的时间。想到洗着热水澡，路易莎给她梳着头，哦，太惬意了！

她走进大厅，发现里面全是人。欧内斯特、梅布尔、理查德、卡洛琳、莫里斯和切丽都在，他们显然刚到，想吃饭，而不是睡觉，因为他们必须回到镇里去。

"亲爱的，这里简直成上等客栈了。"切丽的笑声转瞬即逝，除了对她遇见的每个人的称呼以外，再没有什么热情可言了。她的美丽夹杂着刻薄的成分——圆锥形的帽子下飘散着金黄色发卷；纤细的手上是如笋般的、透血的指甲；嘴唇涂了拱形的唇线。像往常看到他们在一起的时候一样，瑞秋的目光转到卡洛琳身上，此时她走过来吻了她，然后用她那温婉的声音说道："冻坏了吧？"

"没有。你们中有多少人在这里过夜啊？我想让埃文斯夫人知道。切丽，你和莫里斯最好住下来。巴洛说一个小时后道路会变得很危险——路上融化的雪要结成冰。"

梅布尔·瓦德洛转过身来，她的手依然在她儿子的手臂上。她是一个瘦小的女人，曾经和切丽一样美丽，但现在她的皮肤已经起了皱纹，发黄了；她的头发像干枯的草一样枯黄。面色也跟枯草差不多；她的声音高亢烦躁。

"我一直在说，"她抱怨道，"也许莫里斯会听你的话。我说的话谁也不当回事儿。"

莫里斯说道："哦，又来了！"说着他伸手搭住她的腰部。他跟他姐姐一样身材瘦小，其貌不扬，一样深陷的眼睛；但是切丽精心修剪过的睫毛比头发更黑，而他的睫毛依然是出生时的沙色。他留着一撮小胡子，偶尔会蓄络腮胡子来吓唬家人。现在他决心要在政界从事法律事业。他希望劝说他的姨妈资助他这个计划，但到目前为止，她还没有答应。

"瑞秋，我想和你谈谈。"

瑞秋·特勒赫恩相当疲惫地说道："等一会儿吧。"

"你错过了科兹莫。"梅布尔·瓦德洛说道，"他来雷德灵顿看望朋友，来家里喝茶了。埃拉来电话问她能不能带一个朋友来吃午饭——你知道，她跟巴伯夫人住，他们是坐巴伯夫人的车来的。我真不知道这些人怎么买得起汽车的。"瓦德洛太太的口气暗含着不满。

瑞秋因为没有见到巴伯夫人而暗自窃喜。她是那么一种人：自己的东西什么都好，并不厌其烦地向你炫耀。但她高兴得太早了。埃拉·康普顿提出，第二天自己要从巴伯农舍到温克丽弗悬崖吃午饭，巴伯夫人会开车送她过去。巴伯夫人不能留下来吃午饭，但她会开车送自己过去。唉，还是没有躲过巴伯夫人。有一个人可能会出去购物或者带内瑟尔去散步了。对了，内瑟尔在哪里呢？

瑞秋刚踏上楼梯，黑里透黄的达克斯猎犬就吐着舌头，蹿了下来。快到她跟前时，它的尖叫声变得疯狂起来。它依偎在主人的脚踝边高声尖叫着，轻轻咬住她的一只手呻吟着、尖叫着，然后叼住一只手套在她前面飞奔而去。

"我不知道特勒赫恩怎么能忍受这只吵闹的狗。"梅布尔·瓦德洛手摸着头说道，"哦，天啊！莫里斯，就这样定了，你住下来。别这样，切丽，脸拉得再长也没用，我知道没有人听我的，但你总该听你父亲的话吧。欧内斯特，告诉切丽一切都已决定了，他们要住下来。现在我想我们都应该去打扮打扮。"

切丽·瓦德洛看到瑞秋·特勒赫恩正在读信，她笑着说："理查德不住下来。迪克，开车送我到城里，好吗？你不是神经兮兮的人。"

理查德·特勒赫恩皮肤黝黑，体格健壮，戴着一副眼镜。他最好的朋友都不会说他英俊，但是，当他像现在这样皱眉的时候，看起来很可怕，然而，他的声音还是很令人愉快的。

"亲爱的切丽，当你叫我迪克的时候，我感觉自己成了杀人狂。我也住在这里，因为如果我去送你，孤男寡女在一个车里可能会发生严重的事故。"

"事实上，我不是卡丽。"

"如果你管卡洛琳叫卡丽，我就不会等到独处的时候了，我现在就杀了你。"

"可能会很有趣，"切丽说，"卡洛琳，如果一个杀人犯爱上了你，并伸出了他那血迹斑斑的手，你会怎么办？"

卡洛琳笑了。她做事总是缓慢中带着优雅。理查德·特勒赫恩曾经说过，她总是建议关掉音乐，她个子不高不矮，皮肤不白也不黑。她有着可爱的棕色眼睛和非常漂亮的手脚。爱她的人都爱得死去活来。她笑了笑，说道："我会告诉他去洗洗。"然后，头也不回就上了楼。

在自己房间的门口，瑞秋·特勒赫恩遇见了路易莎·巴尼特，路易莎没好气地说道："你会被冻坏的，瑞秋小姐。这么冷的天，你去城里做什么？呦，闹闹叼着你的新手套。"

特勒赫恩小姐笑着宽容地说道："亲爱的闹闹，不要叼我的新手套！哦，求你了！"

"这狗欠揍！"

"亲爱的路易莎，我不会打它的。闹闹真淘气，亲爱的，放下吧！"

在特勒赫恩的恳求下，内瑟尔蹦跳着，摆动着尾巴，丢下了手套。当女主人弯腰拾起手套的时候，它舔了舔她的脸。

路易莎皱起了眉头。

"讨厌的东西！"她说，"真不知道你怎么容得下它，换了我，决不让它住在屋里，因为它的病刚好。"

瑞秋凝视着内瑟尔那双闪闪发光的眼睛和健壮的躯体，说道："它看起来好了。"

"嗯，让它去外面住吧！"路易莎说道。

"如果我们把它关在外面，它会叫的。"

"在外面也听不见！"路易莎说道。她掐住狗的颈背，把它拎了出去。

第七章
饭后闲话

　　晚饭后，他们都在客厅里，欧内斯特·瓦德洛带着瑞秋·特勒赫恩来到离那群人烤火地方较远的沙发处。瑞秋最讨厌跟欧内斯特单独谈话，但是，他与梅布尔结婚的二十五年里，瑞秋深知让他放弃他想做的事情是不可能的。他生性神经兮兮，烦躁不安，相当执拗。因此瑞秋也不想说服他了，只希望谈话快点结束，然而这只是她的一厢情愿。欧内斯特坐下来，扶了扶他的夹鼻眼镜，干咳了一下，然后说天气有多冷，问她是不是去购物了。

　　瑞秋靠在沙发上说道："没有。"然后等待着下文。

　　瓦德洛说："太冷了，不适合购物。"

　　他是个小个子，穿的衣服也是紧绷绷的，可不知道为什么，他的衣领看起来总是过大，至少大一个尺寸。这让人觉得他的喉结异乎寻常地大。除此之外，他的两只眼睛跟他儿子和女儿的一样，相距很近，但他的头发和他那平添愁容的小胡子却很黑。

瑞秋说："但我没有购物。"

欧内斯特·瓦德洛摘下他的夹鼻眼镜，开始擦镜片。

"哦，去谈生意了吧？"他说，"你的生意很多，你也很能干。但是你不能做得太累啊！"他重新戴上眼镜，神情严肃地望着她，"你看起来真的很累。"

瑞秋笑了。

"谢谢你，欧内斯特。当一个男人对一个女人说她太累了的时候，他的真正意思是她相貌平平。"

瓦德洛先生闻之一惊。

"我亲爱的瑞秋——你误会了！事实是，梅布尔很担心你。"

"没必要。"

"可她就是担心啊。你知道，这对她来说并不是什么好事。就在今天下午，她的心脏病又犯了。当时她就说'瑞秋太累了'——我在如实学她的话——'如果她不注意身体，她会病倒的。'我回答说，'亲爱的，你说得很对。'——我当时就是这么说的——'你和你妹妹瑞秋都清楚，如果她在生意上忙不过来，我乐意全力协助。'"

"这点我相信。"特勒赫恩小姐说。

瓦德洛先生扶了扶眼镜，喉结颤动着说道："'但是，'我说，'她不邀请我，我不好提供帮助或建议啊，我怕遭到拒绝。'"

瑞秋突然动了一下。

"你说这些话的时候，梅布尔一直在犯心脏病吗？"

欧内斯特·瓦德洛盯着她，没有生气但有点吃惊。他说："我是在讲述那次谈话，谈话中提到了心脏病。"

瑞秋笑了。她不喜欢她的姐夫，但十七年以来，她很少跟别人说过。

"亲爱的欧内斯特，谈这些都是在浪费时间。今晚我是很累，但我很健康。梅布尔没有必要担心我会得心脏病，你也没有必要帮我打理生意上的事情。如果你只是想对我说这些……"

她早就知道他要说的不止这些，找她单独谈话的目的还没有达到。透过那双永远弯曲、微微发光的眼镜，她知道，此时此刻他的内心正在承受着很大的压力。

"别走，瑞秋。我们很担心莫里斯，他甚至让我们感到震惊。他已经告诉我和他的母亲，他打算加入共产党。我相信他是想到俄罗斯去一年。"

"我支持他去，也许能让他清醒清醒。"

"梅布尔被他的这个打算搞得心烦意乱，有人告诉她，俄罗斯的卫生条件很差，就连莫斯科和列宁格勒也好不到哪去。"

"欧内斯特，在这件事上，我看不出我能做些什么。"

瓦德洛先生坐立不安，他的喉结忽上忽下。

"如果你肯资助他，让他加入渴望已久的那个计划……"

"你是指那个股份制殖民地吗？"

"梅布尔认为这将会让他留在英国。"

瑞秋本想说："谁说我愿意让莫里斯待在英国呢？"但她没有说出口——多年行走江湖，她也学会了圆滑，只是说道："这是一个冒险计划，我不可能参与。"

瓦德洛先生摆了摆手，表示反对。

"年轻人总是走极端。莫里斯会变得聪明起来的。"

"希望如此。"

欧内斯特·瓦德洛不无忧虑地说道："但如果他去了俄罗斯——瑞秋，我们能不挂念吗？"

"也许他不会去。"

"如果殖民地计划落空，他会去的。他在攻读法律，准备做律师。他说我们这个国家的所有法律机器都已破旧不堪，都应该废除。梅布尔忧心忡忡，但是，如果他有五千英镑投入殖民地的话……"

特勒赫恩的脸颊因愤怒涨红了。

"五千英镑？我亲爱的欧内斯特！"

这时，梅布尔·瓦德洛已经站在沙发后面了。她靠在他们中间说道："哦，瑞秋，这点钱对你来说算不了什么，却可以留住孩子。"她的话声音很低，但能量惊人。

瑞秋·特勒赫恩站了起来。

"我不想讨论这个问题。我不可能把钱投入这种行当。"

梅布尔的声音开始颤抖。

"啊，瑞秋，你太无情了吧？我的儿子可是你的外甥啊！再说，这不过是提前支取了他应该得到的钱嘛。"

瑞秋·特勒赫恩怒不可遏。

"你是说我死了以后吧？但是谁告诉你，如果明天我死了，莫里斯会得到五千镑或者五千便士呢？"她的声音很低。

有人在房间的另一头打开了收音机，同时传来说笑声。她看着梅布尔和欧内斯特心想，遗嘱草案里他的份额减少了一万，看来他们已经知道了……

她看到他们的脸变了，欧内斯特刚刚站起来，梅布尔泪眼婆娑地偷窥着她，双手拄在沙发背上，身子前倾着。她伤心至极，低声说道："请不要再谈论这件事了。"然后转身朝火堆旁的人群走去。

第八章
众说纷纭

他们为瑞秋·特勒赫恩腾出了空间。理查德拉了一把椅子，当瑞秋经过卡洛琳的时候，卡洛琳抓住了她的手贴在自己的脸颊上。

"哦，亲爱的——你还冷呢！"

瑞秋·特勒赫恩说："只是手还有点凉。"她的脸被火焰燎了一下，她往后靠了靠，躲开火焰。

"父母跟你说什么了？"切丽好奇地问道。

此刻，瓦德洛夫妇还在房间的另一头交谈着。愤怒让瑞秋口无遮拦，她惊讶地听到自己说："是我不想谈论的事情。"

切丽的眼睛放射出恶毒的光芒。

"哦，谈的肯定是莫里斯，像往常一样，他们是想让你给他出钱，对吧？得钱也轮不到他，我才更有资格。"

"切丽，我说了不想谈这件事。"

莫里斯怒视着他的妹妹。理查德·特勒赫恩插话道："今天下午在我来这里的路上，我看到了最奇特的事情。我是从悬崖那边过来的。当我经过陶磊治家的时候，有两个人挖出了他家一段老旧的树篱。太可惜了！树篱很挡风的。可他的妻子想要从客厅的窗户那里看大海。我路过那里时，他们叫住我，让我看五六条蝰蛇，蝰蛇本来是躺在树篱里过冬的。一大群村里的孩子们围在那里，看是否会有更多的蝰蛇出现。"

莫里斯笑了。

他说："切丽在场多好啊！蝰蛇正好可以做她的宠物。"

切丽把她的目光转到理查德身上。她换上了一件浅绿色衣服，袒胸露背，还没有袖子。她的皮肤像牛奶一样白嫩光滑。她用矫揉造作的声音说："哦，我喜爱蛇！"

理查德用异样的目光与她的目光相对。

"好啊，你还有机会，你必须从那边过来的。"

"蝰蛇太迟钝了，"切丽说道，"我喜欢的蛇是那种细长的、线条优美的、明亮翠绿色的、有一个分叉的舌头。而且它必须足够长，可以绕我的手臂三圈，然后在脖子上绕一圈。"

"我讨厌蛇。"卡洛琳用柔和的声音说。

她也穿着绿色衣服——一种有银色图案的色彩鲜艳的衣服。衣服有长袖，有下摆，有高挺的衣领。理查德心想，她看起来就像春天里刚长出的树叶，阳光照在上面，让人感到温暖而清新。噢，亲爱的卡洛琳！但表面上却似笑非笑地说道："切丽下次生日的时候，我们无论如何要举行一次家庭聚会，并且送她一条吊袜带蛇。"

切丽笑了。

"哦，迪克，你太有才了！可为什么送吊袜带蛇呢？我认识它们吗？"

"我相信它们是绿色的，并且是有毒的。"

"难怪别人叫你捣蛋鬼。"莫里斯说。

这时，瓦德洛夫妇回到人群中，瑞秋心想，他们来得正是时候。切丽这是怎么了？为什么总是她捣蛋？她是嫉妒卡洛琳吗？——对，肯定是。是被理查德迷住了吗？——有可能……哦，可怜的切丽，这不过是浪费时间啊！

理查德的话让她回过神来："瑞秋，你见过盖尔·布兰登吧？"

"是的，很多次。事实上，我经常见到他，但我不知道你早就认识他。"

"哦，他是梅里韦尔引荐的一个潜在客户。他想要我为他建造一幢非常奇怪的房子，越怪越好。我们的谈话时断时续，因为梅里韦尔正在讲述他如何在赞贝西拍摄一头狮子的故事。故事开始的时候讲的是狮子，但随着故事的进展，很多其他野兽突然冒出来。像平常一样，梅里韦尔在炉火前滔滔不绝，而盖尔·布兰登则拉着我的胳膊走来走去，跟我讲建造这座房子的事情，这样，一个讲狮子，一个讲房子，我的脑子都乱了。我想把房子建在奇怪的一面，可能是因为梅里韦尔正在讲的狮子、鳄鱼、狒狒等动物频频出现在谈话中。所以，现在房子看起来像个动物园。另外，我有一事不明：那个布兰登不时提到温克丽弗悬崖，似乎他的脑子里全是温克丽弗悬崖。瑞秋，你说他是羡慕温克丽弗悬崖庄园呢，还是仰慕你呢？"

瑞秋笑了。

"你知道他是个美国人。我认为他什么都欣赏。他来这里没多久，对什么都充满了激情。我相信他甚至欣赏这里的气候，但今天的天气恐怕让他失望了。"

"我来告诉你一个他不喜欢的，"理查德说，"那就是我们的路易莎。他天真地问我，为什么你在身边放了个刻薄鬼？"

切丽咯咯地笑了。

梅布尔·瓦德洛噘着嘴，喃喃地说："没有礼貌！"

欧内斯特透过倾斜的镜片公正地凝视着，然后说："真是太无礼了，他不应该这么说。"

莫里斯插话道："没有人会喜欢她，她是一个很难相处的女人。但这不是她的错，而是你那该死的资本主义的错。你雇佣一个人，给他金钱、地位和权力。你再雇佣一个……"

卡洛琳的眼睛突然闪现出兴奋的光芒。她贴近理查德的耳朵说道："他会把路易莎称为'金钱的奴隶'，这是我的预感。"果不其然，她的话音未落，莫里斯就说道：

"你把她变成了一个金钱的奴隶，在奴性的依赖下，你得到她给的吃喝……"

切丽大笑起来。

"好吧，我不应该说路易莎很听话。"她说，这是第一次大家都同意她的看法。

"路易莎非常不礼貌，"卡洛琳说，"对瑞秋、对闹闹也是如此，我崇拜的天使，是不是这样啊？"

闹闹正躺在炉前的地毯上，前胸已经烤得暖暖的，它刚刚翻过身来，正在烤脊梁骨。卡洛琳提到它时，那甜美的声音让它微微挑起一下眼皮，抽动了一下尾巴，然后又回到了祖传的梦境中：它在巢穴里拔掉獾毛，然后吃了它。

瑞秋·特勒赫恩苦笑着说道："路易莎可能有些粗鲁，但她也是为我们好，她很忠诚的。"

卡洛琳摇了摇头。

"亲爱的，她只对你忠诚——这一点毫无疑问，但对我们恨之入骨。"

"哦，卡洛琳！"

"她可以带你去一个荒岛，尽心竭力伺候你，这一点在她身上早就体现出来了。"

"最后以一种非常壮观的方式为你死去。"理查德说道。

瑞秋笑了，但她的眼神里有一种不安的表情。她改变了话题，话题转移到冬季运动和一个名叫米尔德里德的女孩上，切丽在安德马特遇见的她，她跟一个名叫鲍勃的年轻富豪订婚了，他们要在十二月初结婚，切丽当伴娘。

"我想我们应该给她一份结婚礼物，"梅布尔·瓦德洛以她固有的牢骚满腹的语气说，"她得到了她想要的一切，她嫁的那个人钱多得不知道怎么花，但是我们想送她点儿新颖的东西。"

"我想给她一枚来自伍尔沃斯的钻石吊坠，"切丽说，"我很喜欢看她得到礼物时的表情。我说，莫里斯，咱们匿名送给她。我有一个卡地亚旧盒子，咱们可以把它放在里面。"

"谁给你的卡地亚胸针？"莫里斯说，"它在哪里呢？"

"亲爱的，我马上就把它典当了，你想什么呢？"

"切丽！"梅布尔·瓦德洛焦躁地说道，"这都是什么乱七八糟的？我一定要知道。"

切丽笑了。

"亲爱的，如果你这样婆婆妈妈的，我就走了。"

"切丽，回答你的母亲！"欧内斯特说道。

切丽又笑了。

"大惊小怪！鲍勃给了我一枚胸针，我把它典当了，就这么回事。"

"但是，切丽……"

"卡洛琳，不光我知道去当铺的路，对吧？麻烦的是他们总是让你失望。卡洛琳，他们给你钻石戒指上加了什么？"

卡洛琳没有说话。她看着理查德说："你还没告诉我们，鲍勃给你胸针，你回赠的是什么呢？"

"大约有四分之一的价值，"切丽说，"幸亏遇见了卡洛琳，不是吗？当我进来的时候，卡洛琳正要出去。那个男人给我看了她的戒指，但他不肯告诉我他给了她什么。"

理查德愉快地笑了。

"她也不会。"他说。

第九章
蝰蛇之殃

　　瑞秋·特勒赫恩带着疲惫而沉重的心情走进了她的房间。

　　想到睡上七八个小时，暂时忘掉家中的烦恼，她感到很惬意；但是一夜过去之后又是新的一天，她要与欧内斯特谈话，与梅布尔谈话，与莫里斯谈话，与卡洛琳谈话。欧内斯特会向她施压，要求她为莫里斯的反资本主义运动提供资助。梅布尔会哭闹、痉挛，责备她，还有可能犯心脏病。莫里斯会做一个有关共产主义的演讲。还有切丽——不，她不想亲自跟她谈，让梅布尔自我检讨自己的女儿接受快结婚男人的贵重首饰这一不当行为吧。

　　卡洛琳——哦，卡洛琳就该另当别论了，她必须查出这孩子当掉她母亲的戒指的原因。一想到卡洛琳，瑞秋的心情好了许多。

　　她发现路易莎神情严肃、一言不发。不让她等待是没有用的，然而晚了她就会皱起眉头。她把衣服胡乱挂在衣架上，或者扔进衣橱里，但当瑞秋说"路易莎，你看起来很累了，去睡吧，我什么也不需要了"，路易莎的话匣子打开了。

"哦，我知道你想打发我走，还有那些人更是巴不得我离开这里，这样，你和他们之间就没有我这个碍眼的人了！"

瑞秋坐在她的化妆台前，看到了自己疲惫的面容。她转过身来，用一种轻柔的、疲惫的声音说："路易莎，我很累了，今晚不谈了，好吗？"

路易莎开始抽泣。

"瑞秋小姐，你听不进劝告。你生我的气，就因为我已经看清了，试图警告你。今晚不谈，明天就不是今天了，他们会继续谋害你，等他们得逞了，一切都晚了。到那时，我只能跳下悬崖，一死了之了。"

"哦，路易莎说什么呢！"

"瑞秋小姐，难道你认为我不会这样做吗？如果你遇害，我肯定跳崖自尽！"

瑞秋站起身来。

"路易莎，我今晚真的很累，不想谈这类事情了。去把闹闹叫进来，我让理查德把它放出来了，然后你就去睡觉吧。"

令她欣慰的是，路易莎听从了她的吩咐。她走到门口，打开门，但是没等她出去，内瑟尔就欢快地蹿了进来，那种发狂的兴奋就好像历经磨难之后终于与心爱的人重逢一样。它撕咬着屋里的东西，发出几声刺耳的叫声，把它窝里所有的垫子都拖了出来，它兴奋地扭动身子，不时发出尖叫。

路易莎说："看来它晚上不会生病了。"

瑞秋跪下来抱起了它，至少还有狗只讲付出，不求回报。此刻她对内瑟尔的态度比对路易莎更温和得多。它把头依偎在她的肩上，用棕色的眼睛望着她。突然它挣脱了她的胳膊，急切地嗅着。

"闹闹你这是怎么了？"瑞秋说。

它静静地站在离她一码的地方，尾巴和侧腹颤抖着，耳朵竖着，眼睛搜寻着。听到她的声音，它飞快地瞥了她一眼，哀叫着。

"闹闹，怎么了？"

它又哀叫起来，嗅了嗅，跑到床边，用前爪往下拽床单。

瑞秋站起身，开始整理床铺。

"不行啊，"她说，"小淘气，你不许睡在我的床上，来，闹闹，你自己有一个可爱的窝哦。"她边说边轻轻地拍了拍它。

但此时内瑟尔开始大叫了。她转过身，看到路易莎站在床的另一边，脸上现出惊愕的神色。

"瑞秋小姐。好像不对劲。"

瑞秋说："胡说八道！"但那只狗依然在跳着、叫着。就在她说话的时候，它用牙齿撕扯着床单，汪汪地叫几声，然后又开始撕扯。

路易莎·巴尼特用她那强壮瘦削的手拿掉床上的东西——鸭绒被、毛毯和床单，这些东西"砰"的一声落在地毯上。她突然向后跳开，尖叫一声："天啊！"

瑞秋没有尖叫，但她顿时从头凉到脚。掀开的床底部有她的新暖瓶，它们是绿色的，与房间的陈设很协调。但在暖瓶的两边有什么盘在一起的东西，那东西不是绿色的，而是棕色的。她用惊奇的眼睛注视着，看到其中一盘移动了，扁平的脑袋扬了起来，就像悬在空中一样。内瑟尔跑过来扑到床上的枕边。路易莎又尖叫起来。

内瑟尔扑上去，狠狠地咬了一口，然后回跳，再扑上去咬，如此反复数次。它的牙齿"格格"作响，耳朵拍打着，每一次攻击都迅捷致命，就像蛇一样。就在内瑟尔五六次呼吸的时间内，战斗就结束了。但瑞秋根本没有呼吸。至少在内瑟尔跳下床来，扬着头向她跑来，眼睛里闪耀着骄傲的光芒之前，她没有呼吸。然后她长出一口气，跪下来，把它抱在怀里，翻来覆去检查它有没有受伤，因为如果它被蛇咬——如果它被蛇咬——她亲爱的小闹闹——

她抬起头，发现路易莎正站在她们旁边，脸色苍白。

"它没有受伤，路易莎，哦，路易莎——我机灵的孩子！它们都死了吗？"

"都死了，"路易莎说，"完全死了。闹闹反应太敏捷了，一眨眼工夫就咬死了它们！"

瑞秋还在战栗着。内瑟尔在她身边欢快而骄傲地跳着，叫着，她重新站起身来。那两盘棕色的卷儿一动不动地躺在那里，没有了生命迹象。路易莎低声说道：

"它们死了，不然，死的可能就是你！瑞秋小姐，谁把他们放在那儿的呢？"

瑞秋呆呆地看着："我不知道。"

"希望你死的人放的。瑞秋小姐，你防不胜防啊！谁想害死你，得到你的财产呢？"

瑞秋没有转过头。她用一种奇怪且僵硬的声音重复着她刚刚说过的话："我不知道。"

路易莎·巴尼特走到炉边，拿起了火钳，用极低的声音说道："我可以说出他们的名字，但你不会相信我。"

瑞秋又战栗了。

"我怎么能相信这样的事呢？"

路易莎阴沉着脸，严肃地说道："瑞秋小姐，你还是相信的好。"

她走到床边，用钳子夹住一条死蛇："你总该相信自己的眼睛吧？有人把这些毒蛇放在你的床上，这可不是什么爱心礼物啊！"

她走到火旁，把那软软的卷子扔进了火炉，然后去夹另一条蛇。

瑞秋茫然地看着她。

"它们是蝰蛇吗？"她有气无力地说，"今天晚上，他们楼下还谈起蝰蛇呢。理查德说，陶磊治先生挖他的树篱时，在岸边发现了很多蝰蛇。"

路易莎·巴尼特用火钳拨弄炉火，然后把火钳放在壁炉上。

"理查德？"她说，"哦，对，他肯定知道。"

瑞秋·特勒赫恩感到身上有了力量——力量和愤怒。

"路易莎！"

"哦，不，你什么也听不到的！他和卡洛琳小姐在你面前表现好着呢。"

她突然走上前，抓住瑞秋黄色晨衣的一角："哦，我的天啊，你不相信，你也不会相信，我什么也不能说。但是如果那个人是你最爱的人，你怎么想呢？他们暗中捣鬼，而你只是一个仆人，没有人会听你的话，也不会有人关注你说了什么，或者做了什么。哦，亲爱的，难道你不会像我一样感到委屈吗？哦，上帝知道我很委屈啊，即使你不肯原谅我，上帝也会原谅我的。"

瑞秋把手放在女人的肩上，温柔地说："路易莎，我们都心乱如麻。咱们彼此就别给对方添堵了吧。有些话我听不到，有些话你不能说，但这不等于我坐视不理，我不会视而不见的。这点我向你保证。现在我想要干净的床单，所以在我脱衣服的时候你可以去拿。"

当她独自一人时，瑞秋·特勒赫恩在炉火旁的扶手椅上坐了很长时间。胜利者内瑟尔在它的窝里睡觉。她的耳畔传来了水的喧闹声和风的噪声。这声音太熟悉了。在这悬崖边上，听不到水声和风声的时候太少了。当她出门在外的时候，她想念这种声音；当她在这里的时候，晚上听到的最后的声音是水声和风声，早晨醒来听到的第一个声音也是风声和水声。当她哭泣时，它们和她一起哭泣，或者驱除她的恐惧。但是今晚，它们的声音有了忧郁的色彩。风声是一种凄凉的声音。悬崖下的大海冲击着鹅卵石。

她终于站起来，看了看钟。时针指向午夜十二点。她吃了一惊，时间过得太慢了。她觉得自己已经走得太远，以至于很难回来了。然而，她离开客厅只有一个小时——路易莎刚刚离开半个小时。

她坐在床沿上，拿起了床边的电话听筒。

电话很快接通了。听到莫德·希娃小姐清晰的声音，她知道她还没有睡。

"哪位？哦，瑞秋小姐……有事吗？……你想让我明天去，而不是礼拜六了？好的，没问题。你不用多说了，我很明白。我明天坐火车去。晚安。"

瑞秋放下听筒，顿时感觉如释重负一样。

她躺在床上，关了灯，不再思考，一直睡到早上七点半，路易莎送来了茶。

第十章
针锋相对

理查德·特勒赫恩穿过大厅去吃早饭。当他经过书房的时候，听到里面有声音。门虚掩着，他推开一点儿，然后停住了，因为他听到切丽奚落的声音。

"卡洛琳，你应该按我说的去做，我说过，如果你不给我好处，我就揭发你。"

理查德想听卡洛琳会说些什么，但她什么也没说。

他把门再开大一点，看见她正站在窗边，背对着自己；切丽侧对着自己和卡洛琳，让他看到了她那恶毒的侧影，光线照射着她浅色的头发。

她说："你最好给我。我想你至少得到了五十英镑——那可是大钻戒——你怎么也该给我十英镑吧？"

卡洛琳头也没回，有些轻蔑地说道："凭什么？"

切丽·瓦德洛笑了。

"因为你最好给我。我警告过你，我会把戒指的事说出去，怎么样，我说了吧？如果我得不到我那点儿好处费，我还会把别的事说出去。"

理查德走了进来，随手关上门，穿过了地板。

"这就够了！"他说，"切丽，如果你不懂法律，那么我来告诉你：敲诈勒索是一种可提起公诉的罪行，你会受到服劳役处罚的。"

她像个孩子一样吐了吐舌头。

"亲爱的卡洛琳，你想到证人席上风光一回，是吧？那将很滑稽呦。庞森比小姐，你把一枚钻戒当掉了，我想那是你妈妈的，对吧？你肯定有当掉的动机。哦，你需要钱吗？现在也许你会告诉我们你要钱干什么用？哦，你不想说，我明白了。这很自然。在法庭上，你也不想说吧？肯定不想说——这是最自然不过的事。为了那个捣蛋鬼，是吧？我认为这简直不可思议，你说呢，凯莉？好了，这次我放过你，虽然复仇是很痛快的事情，但我宁愿要那十英镑，所以我给你时间考虑。"

她挽住理查德的胳膊说道："亲爱的，你喜欢吻我说早安吗？"

理查德本想拒绝，但他不想扫她的兴，于是他用厌烦的语气说道："别开玩笑，切丽。你现在不是小学生了，不能那样了。"

看到她的脸色变了，他感到很满意。她恶狠狠地在他的胳膊上拧了一把，然后跑出屋子，"砰"的一声关上了门。

卡洛琳说："我知道恨别人很不好，但我觉得我讨厌切丽。"

"她想要的不过是每天做做早操，"理查德说，"打扮打扮，莫里斯也是一样。舒服就好——到底是怎么回事？告诉我好吗？"

卡洛琳的红着脸说道："不告诉你。"

理查德把她的手放在了自己的手里。他把目光从她的脸上转移到她的手掌上，说道："告诉我吧，卡洛琳。"

她又说了声"不"，但语气弱了很多。

"亲爱的，跟我还保密吗？你真傻。现在只有你和我，难道跟我还有什么不能说的吗？"

"不错，"她屏住呼吸说，"我的一切都可以让你知道，但这不是我的事啊，理查德。"

"感谢上帝！但我想你最好还是告诉我吧。"

她想抽出手，但他握得很紧，她可怜巴巴地瞅他一眼，这让他觉得很难忍受。

"理查德，我不能说。求你了，理查德，饶了我吧。"

他抬起她的手，吻了吻松开了。

"好吧，别让切丽欺负了你，别忘了有我在这里。不该让她在早餐前搞糟我们的胃口，下午三点之前应该保持平和的心境——否则，对身体不利。走，咱们去吃冷火腿、炒鸡蛋和腌鱼吧。腌鱼的镇静效果很好。"

餐桌上并不平静。瓦德洛一家、欧内斯特和梅布尔显然已经做好了受气的准备，但他们并不是默默承受。他们用阴郁的语气要喝咖啡，拒绝吃糖，就像糖是毒药一样；他们盯着桌子另一头的瑞秋，目光里满是责备，这让瑞秋很难堪。莫里斯当众耍脾气，好像他是个五岁的孩子。切丽发泄心中不快的方式是：猛地把她的椅子推到桌子跟前，让刀叉发出声音，把她的茶杯猛地推开，半杯茶洒在了卡洛琳的腿上。

有那么一会儿，特勒赫恩觉得他们不是她的家庭成员，而是四个令人讨厌的人。这就像在黑暗的帷幕中，通过一个小孔观察远处的房间和人一样。陌生的房间，陌生的人。一束亮光照耀在他们的身上，让她看到他们是多么的讨厌。顿时，她对他们讨厌至极，她不明白自己为什么能忍受了这么久，她下定决心要把他们轰走。然后，帷幕中小孔消失了，光不见了，厌恶的念头没有了，瓦德洛一家又成了亲人。你过去喜欢他们，现在你必须接受他们，永远不能抛弃他们。他们是你的亲人，只有死了才能分离，这比婚礼上的誓言更真实。这个念头让她郁郁寡欢。

欧内斯特吃水果和麦片谷物，梅布尔吃麦片但不吃水果；切丽吃碎面包，打翻了茶杯；卡洛琳什么也没吃。电话铃响了。

莫里斯接了电话，并告诉大家科兹莫·弗里斯午饭前带着行李赶到。

"他干脆在这里安家算了。"

"我们也一样。"切丽说。

这是不可否认的事实，大家都认可。

电话铃声又响了。这一次是一封电报。理查德把电报记录下来，放在瑞秋的盘子旁边，看到她的脸色变了。他想知道为什么，然后想是不是自己记录错了，就在这时，她说："希娃小姐今天下午五点半就到，我想派巴洛去接她。今天是我看望保姆卡普的日子。"

"希娃小姐是谁？"切丽盯着瑞秋问道。

瑞秋故作镇定地说道："我想你们谁也没见过她。她是一个退休的女家庭教师。没什么大惊小怪的，但我想让她在这里住几天。"

切丽粗鲁地把她的椅子向后一推。

"哦，干脆把家里改成敬老院算了！"她双手插兜，吹着口哨，向门口走去。她穿着芥末色的花呢衣服，围着一个大号的翠绿的围巾。当她正要走出房间时，她停下了脚步，因为莫里斯正在接另一个电话。他拿着听筒，转过身来。

"哦，这是你的电话，是忠实的，或者说不忠实的鲍勃打来的。"

切丽说："该死的！"同时瞪了一眼早餐桌旁的所有人，夺过听筒。她的父母竖起耳朵专注地看着她，她不得不装出既生气又不在乎的神情，这时，罗伯特·哈德维克狂躁的声音从电话里传来："切丽，你把我逼疯了！"

瓦德洛夫妇看到她的眉毛抬了一下，听到她说："为什么？"

电线被哈德维克说话的声音震得直颤，他说出了原因。切丽很难再绷着脸了，因为消息太激动人心了：罗伯特·哈德维克几周后就要与米尔德里德·罗斯结婚了。

"切丽，我要见你！"

她说："好的。"

"今晚在老地方。"

切丽说："哦，我不知道行不行。"此话又引来一阵咆哮："我告诉你我有话要说！我要去跟你谈谈！你必须来！答应我！"

切丽说："也许吧。"然后挂掉了电话。

这是早餐时切丽最兴奋的时刻，她极力掩饰着内心的激动。她自己倒了一杯茶，用喝茶来抑制微笑。这时，电话铃声又响了。理查德握着受话器，回头说道："瑞秋，盖尔·布兰登专门打给你的私密电话。"

她拿起电话，盖尔·布兰登那令人愉悦的美国口音传来："是瑞秋吗？"与此同时，瑞秋还听到在场的年轻人抱怨说，不该把电话安装在餐厅。

当然在她的卧室里有一个分机，但如果把电话转到卧室会显得神神秘秘的，家人会怎么想？布兰登会怎么想呢？她极力避免让人看起来她好像有什么秘密似的。不，绝不能转。她说道："是的，我是瑞秋。"

盖尔·布兰登的声音变得急切起来。

"噢，特勒赫恩小姐，我想知道你是否愿意帮我一个忙。其实，我真的不想麻烦你，但是我知道你心地善良，想想我在大西洋的另一边，没有女性亲友能够帮助我，我想，你的善良之心会驱使你来帮助我挑选圣诞礼物吧？"

瑞秋听到了她自己兴奋的声音，她说："但现在还为时过早啊。我甚至还没有开始考虑我的圣诞礼物呢。"

盖尔·布兰登的声音听起来也很兴奋。她想："他很开心，他在试图撞开我的心扉，他喜欢我。"

他笑着说："不赶早不如不买。如果今天上午你和我一起去雷德灵顿——我不知道我们能在那里做些什么，但我们总算有了开始。"

"哦，我还不能决定。"

他恳求地说道："如果你不来，我不会挑选礼物。你知道，一到商店，我的脑袋就发懵，我可能给卧病在床的雅各布叔叔买一双溜冰鞋，或者送给我的赫弗齐巴大妈最新的口红。我需要的是指导，这是事实。如果我等到你不忙的那一天，这个圣诞节就过去了，下一个又该来了，所以，请你推掉所有要做的事情，半小时内去接你，好吗？"

几个令人高兴的想法同时出现在瑞秋的脑海里。如果她和盖尔·布兰登一起出去，欧内斯特和梅布尔就无法与她交谈。莫里斯就不能跟她说话，她还可以推迟和卡洛琳谈话。他也避开了路易莎，她看起来像一朵阴云，当巴伯夫人带着埃拉来的时候，她肯定不在家。

她轻松地说："好吧，我不应该去，但我会去的。"然后挂断了电话。

第十一章
广场雕像

扫码听本章节
英文原版朗读音频

盖尔·布兰登历来驾车如飞。他说他之所以来温克丽弗居住，就是因为他发现这里的公路不限速，在惠林和雷德灵顿之间没有限速标志。但在这个特殊的上午，他却开得并不快。

"你想买多少礼物？都送给什么样的人？你真的有一个雅各布叔叔和一个赫弗齐巴大婶吗？"

他转过头来对她微微一笑。他是一个高大英俊的男人，四十出头，皮肤呈红褐色，明亮的眼睛里总是充满了热情和幽默，偶尔也有愤怒。他说："我当然有，我必须送他们礼物。雅各布叔叔喜欢侦探小说，所以他的礼物好办——第一章里就有七宗谋杀案，还有一个谋杀案贯穿始终，这样的侦探小说够刺激吧？可是赫弗齐巴大婶让我头疼，她不读书、不喝酒，也不抽烟。我曾经送给她一瓶香水，哪想到气得她差点在她的遗嘱里取消了我的继承人身份。她要变更遗嘱轻而易举，所以我必须格外谨慎。瑞秋小姐，你怎么了？"

她原以为他的眼睛在看着路上。

她说："我讨厌谈论遗嘱。"

"那我们就不谈了。你说送给赫弗齐巴大妈手提包咋样？"

"她得付关税吧？"

布兰登先生看起来很沮丧。

"呦，我把关税忘了，这要是买来了，她会发疯的！要不怎么说我需要指点呢？你看，多亏了你出手相救啊！"

瑞秋笑了。

"这就是我那可怕的实用主义思想在作怪。我已经学会了一切从实用出发——这可不是与生俱来的。但是如果你不买礼物，我们这是干什么？"

"哦，我在大西洋那边也有朋友。我想让我的表兄看望家里的亲人。但是，今天上午我们有很多事要做呢。首先我们要为大约十二个孩子买巧克力和玩具……"

他们买到了巧克力和玩具，然后坐下来喝咖啡。布兰登开列了一个购物清单：

佩吉和莫伊拉的手套

简的丝袜 半打

艾琳的手帕 纯亚麻布 一打

赫敏的手提包 深蓝色

他把清单递给了瑞秋。清单写满了整整一页，最后一个大大的问号占据了一行。

布兰登说："我需要你对这些礼物提出你的建议。这些东西是送给这里我好友的妻子儿女们的，其中的大多数人我认识很久了。我知道他们会喜欢什么，也知道送他们什么礼物合适。他们就是那种可以当作家人的朋友，送他们礼物就是祝愿他们圣诞快乐，生活幸福。但有一个人的礼物我不知道送什么。礼物是送给一个我认识了一辈子的女人。我想送给她真正有价值的东西——她能穿的东西。但我不想冒犯她，或者让她认为我武断。"

瑞秋·特勒赫恩感到一种莫名的冲击，她突然觉得惶恐不安，她说："你认识她一辈子了吗？"

"差不多。"

"你对她了解多少？"

他眉飞色舞起来。

"很了解。但她不是很了解我。"

"可是——你们是朋友吗？只有知道你们关系如何，我才能建议你买什么礼物。"她觉得自己是在找借口，脸红了，"你知道吗，你让我显得多嘴多舌，我真的不能给你什么建议。"

他隔着小桌子探过头来。

"瑞秋小姐，我认为无论你说什么，都不是多嘴多舌，只是这件事很敏感。"

瑞秋感到她的脸颊有些发烧。

她说："毕竟我们几乎是陌生人。"

如果她希望盖尔·布兰登知难而退，那她就失望了。

他严肃地说："哦，我不那样想，我很希望得到你的建议。你知道吗，我对这个女人一往情深、尊重有加——事实上，我爱上她了。"

瑞秋说："她爱你吗？"

"我不知道，我从来没有问过她。"

"你会去问她吗？"

"哦，会的，当时机成熟的时候。"

她笑了，她不知道为什么她的嘴唇会僵硬。

"布兰登先生，如果你想听我的劝告，把你的想法告诉她，然后你就知道是否可以给她这个礼物。"

他思考片刻，然后说道："我是想让礼物告诉她：'你明白我的意思吗？'我是想如果她接受了礼物，那就意味着接受了我。这样我不就知道她的心思了吗？"

瑞秋笑了。

"这样做可能非常危险，布兰登先生。恐怕有的女人会接受你的礼物，而不去想礼物的寓意。"

他摇了摇头："她不会那么做的。"

他们先给可以当作家人的朋友们买了礼物。对布兰登买礼物时表现出的明确的喜好和憎恶，瑞秋感到很好笑。他根本无须她建议，他很清楚该买什么，不该买什么。袜子的色彩、手套的针脚、手提包和手绢——看一眼，他就决定下来。虽然买之前他迷人地看看她，但他总是买他想买的东西。但当他们穿过市场，来到恩德比阴暗的老商店的时候，他的态度变了，没有了主见。时光好像倒退了二十年，他显得很焦躁。

市场的广场是雷德灵顿的中心，在广场站矗立着艾伯特·多尼士爵士的雕像，这座雕像让全城人引以为豪。他们坚信英格兰其他城市的雕像都比不上它，原因有两个：一是雕像的体积最大，二是建造费用最多。艾伯特·多尼士爵士身穿僵硬的大理石裤子，站在华丽的基座上，凝视着这片给他带来巨大财富的土地——或者说凝视着创造财富的地点。第一排现金店早已拆除，但多尼士这个名字家喻户晓，而雕像与广场同在。

恩德比先生的老店在艾伯特爵士雕像的后面。艾伯特爵士对这个老店肯定不屑一顾，老店看起来要散架了，似乎在告诉人们"我已经四百岁了"。但是，橡木的横梁仍然坚固，砖砌墙依然结合良好。大约在一百五十年前，乔赛亚·恩德比三世扔出了一扇弓形窗，来展示他的商品的优良品质。乔赛亚这种独特的展示方式流传至今。十六世纪没有留下其他东西。这家商店还像伊丽莎白在位时那样阴暗闷热，狭窄不便。旧的橡木地板被顾客的脚磨得光秃秃的。没有电灯，没有柜台。一张搁板桌因岁月久远已经发黑，托马斯·恩德比先生像他的前辈那样还在用着它。尽管有诸多瑕疵，或者正是因为这些瑕疵，这家商店名气才如此之大。恩德比一家有两个有利条件：一是绝对的诚实，二是惊人的鉴定石材的天赋。三十年前，托拜厄斯·恩德比被公认为欧洲最优秀的珍珠鉴定师。他的儿子托马斯与他不相上下。那些名人富豪坐在搁板桌前，观看托拜厄斯·恩德比展出的宝物，想买恩德比家的东西谈何容易！战争前几年的一个丢了宝座的大人物冒犯了托拜厄斯，他想买下曾是西班牙菲利普二世的冈萨雷斯红宝石。他溜进了雷德灵顿市场，扬言要在恩德比所接受的价格上支付双倍价钱，当然，他对恩德比一家还有很无礼的言辞。在场的人迷惑不解，但老恩德比漫不经心地扫了他一眼，小声说道："对不起，先生，这是非卖品。"

瑞秋是在穿过广场时讲的这个故事。

"没错，有些东西是金钱买不到的。"

他站在艾伯特·多尼士爵士雕像的阴影下。

"瑞秋小姐，我不喜欢你这么说。你知道为什么吗？因为这听起来好像钱让你很失望。你知道，只要你控制着钱，你就没事；但如果钱控制了你，那你就完了。钱就是仆人，你要时刻小心，不能让它控制了你。你可以花钱，可以投资，不要让它赶着你跑，不要以为没钱活不了，不要相信钱能给你尚未得到的价值，而应该恰恰相反：通过花钱，你让钱实现了其价值。"他突然大笑起来，接着说道，"钱不造人，而是人造钱。"

"我没有挣钱。"

"那就是有人给你挣钱喽。"

他又大笑起来，拉着她走过交通线。

瑞秋一只手放在恩德比的门闩上，发自肺腑地说道："真希望没有给我留下钱。"

第十二章
宝石橡枝

托马斯·恩德比就像一只灰老鼠，只是老鼠的眼睛明亮有神，而他的眼睛昏暗模糊，没有一点生气。

首先是简单的寒暄，这让特勒赫恩想起了一位老妇人，她从小就认识她,她习惯点头说道:"恭维是上流人士见面时的通行证。"

恭维话说过之后，布兰登先生低声说了些什么，瑞秋推断布兰登肯定为本次来访打过前站。恩德比鞠了一躬，随后去了店后面的屋子，很快拿着一块方形黑天鹅绒出来，铺在特勒赫恩小姐面前。然后又去了屋里，这次时间更长。

当瑞秋坐着等待的时候，她意识到了这里的浪漫气氛。这老房子、这老屋子、她坐的这把高背直扶手的椅子；由于年代久远、加上几代人的踩踏而发黑凹凸不平的地板，所有这些都为那个带她来这里的人设置好了背景，哦，他是为另一个女人选择爱的礼物啊！她很在意他，以前她从来没有在意过任何男人。他的目光让她激动，就好像他触摸了她一样。她定了定神，这是怎么回事呢？是一个没有时间谈恋爱而错过了大好时光的孤独女人的愚蠢行为吧？是一个渴望找到托付终身伴侣的女人所表现出的惶恐吧？还是另有原因呢？无论是什么，她此刻感到的是心痛，她必须振作起来，直面痛苦，忍受痛苦，战胜痛苦。

她的感情变化使她感到茫然。盖尔·布兰登的社交圈给她带来了乐趣，他给家庭注入了清新的活力，以及他对自己明显的爱慕。但她做梦也没想到，就因为他说在给别的女人买礼物，她会如此沮丧。

托马斯·恩德比手里拿着一个汤布里奇陶盒回来了，毋庸置疑，这是一个老古董了，但它象征了当时的优雅。他坐在桌旁，把他的眼镜推向飘在额头的头发，打开了盒子。他剥掉一层棉毛，取出三个用薄纸包着的包裹。他的手指很纤细苍白，指甲没有血色。他熟练从容地把纸剥开，最后，他坐了下来，凝视着摆在黑天鹅绒上的那三件饰物。他的眼睛不再昏暗模糊，取而代之的是鉴赏家见到宝物时那种眼前一亮的眼神。

瑞秋也在看。

首先露出来的是橡枝，两个钻石橡枝和三颗橡子，壳斗闪闪发光，每颗橡子都是一颗珍珠，两颗白色的，一颗黑色的。她的目光被它们深深地吸引住了，不愿离开。

她说："哦，多可爱啊！"

托马斯·恩德比赞许道："这是我父亲设计的。这是南郡公爵夫人定制的，但没等做好她就去世了。我父亲花了几年的时间才做好这些珍珠。其实他真不想卖掉自己最喜欢的作品，所以说，公爵夫人她老人家的死也让他松了一口气。这条链子来自意大利，是俄罗斯人定制的。"

链子长度约为二十五英寸。交替的蓝宝石和绿宝石之间那浅金色的链环显得异常精致。每块钻石都切割得很漂亮，再镶上钻石花，整体效果显得小巧明亮、优雅尊贵。

"这当然是最好的宝石。"他爱抚地摸了摸第三件饰物，"没有什么比红宝石更好了，这是我们所拥有的最好宝石的之一。看看这颜色！"

红宝石在两颗钻石树枝上闪闪发光——像鹰张开的翅膀。闪烁中，钻石好像活了一样。

"对不起，原谅我不能说出这件饰物的来历，"托马斯·恩德比接着说，"这是我父亲为一个皇家成员设计的，最近又回到了我们这里。"他转过身对盖尔·布兰登说道，"先生，这些就是我们最好的三件作品。"

瑞秋感觉眼花缭乱。这些珠宝太漂亮了，肯定也是最昂贵的。在不知道对方是否接受的情况下，送如此精美的礼物来求爱，这让她很欣赏。马上她又想到："让另一个女人来挑选，真的是大煞风景了。"

就在这时，他向她倾身说道："你最喜欢哪一个？"

这句话引起了她的不满。她一股脑说出了心中的想法："不能是我喜欢。我不能为一个从未见过面的女人挑选。我不知道她长什么样，也不知道她喜欢什么。珍珠、红宝石、绿宝石和蓝宝石适合不同的女人。布兰登，你还是自己挑选吧，我帮不上你。"

盖尔·布兰登的眼睛里闪烁着一种戏弄的光，在小黑屋里他显得格外活跃。

"不！"他说，"但我并不是要你为我挑选，我是想知道你本人最喜欢恩德比先生的哪件漂亮饰物。我心里已经选好了，如果你也选择了我选好的那件，那么就有两票赞成。你明白我的意思吗？"

"但我的投票是不算数的，因为我对她一无所知，连她头发的颜色都不知道。"

微笑浮现在他的脸上。

"呵呵，总有一天我们的头发都会变白的。我希望她会戴很长时间，在她的金发里出现了银丝的时候，这个饰物依然匹配。"

"这么说她的头发是金色的喽。按常理，金发不一定变成灰色。"她极力用最友好的语气说，"如果她皮肤白皙，翡翠和蓝宝石的链子就适合她。"

"但我没有说她皮肤白皙呀，瑞秋小姐。"

"我想你说了，你引用了歌词'金发里出现了银丝'。"

"那是比喻。如果不从浪漫的意义上讲，我觉得这些珠宝对她来说都很合适。瑞秋小姐，但我真的想知道你最喜欢哪一件，你知道，我喜欢接受女人的观点。"

她发现自己有些轻蔑地在笑。

"你真的认为所有的女人都是一样的吗？"

他也笑了。

"如果女人都一样，世界就失去了色彩。但是我真的很想知道你最喜欢哪件，我对你的观点很感兴趣，这样我就知道我们的观点是否一样。然后我们再问恩德比先生，如果他的店铺着火了，他希望留下哪件。"

托马斯·恩德比的手伸出来一点，又缩了回去。

瑞秋的心里出现了一种莫名的喜悦。她伸出手，摸了摸那件带珍珠壳斗的橡枝。

"哦，我选的也是这个，我对它一见倾心，就怕恩德比舍不得撒手，那也是他的心爱之物啊。"

"我也看中了它，"盖尔·布兰登说，"所以我们三个人观点一致。恩德比先生，怎么样？你愿意卖给我，让我送给世界上最可爱、最善良的女人吗？"

托马斯·恩德比说："这件饰物我不是谁都卖的。"

第十三章
贫民窟

瑞秋回到了家里，刚好错过了巴伯夫人。埃拉在前厅里遇见了她，说这是多么不幸。

"你昨天出门，今天不在家，瑞秋，但愿她不会以为你在故意避开她。当然我的担心很荒谬，因为她是一个幽默风趣、魅力十足的人，我知道她特别想和你谈谈拆除贫民窟的事。"

科兹莫·弗里斯从书房里走出来，说为什么有人以为别人愿意谈论贫民窟这个话题。他一只手揽住瑞秋的腰，在她的脸颊吻了一下。

"亲爱的，我不用问你身体咋样了，你的气色很好。那个绅士是谁？怎么没有留下来吃午饭？是你没有邀请吗？他开车离去的时候，看他很得意的样子。"

瑞秋笑了，笑得很灿烂。

"哦，我邀请了，但他必须回去。他是那个美国人布兰登先生，他已经把哈尔克特家的房子租了下来，准备过冬。我还以为你见过他呢。"

"没见过。他的好奇心很重，是吧？"

瑞秋又笑了起来。

"我想他对什么都好奇，包括他自己。我从来没有见过对任何事物都如此感兴趣的人。我们去买圣诞礼物了。"

科兹莫的表情就像一个孩子听到另一个孩子受到表扬时一样。他是一个四十五岁的英俊男人。他的灰发更衬托出清新的气色；一双乌黑的眼睛与浓浓的眉毛相得益彰。他的腰围尺寸比一两年前大了许多，有时他会害怕变成双下巴。他把手抽了回来，扬起眉毛说道："十一月就买圣诞礼物？多么令人恶心的主意！"

"为什么恶心呢？"埃拉·康普顿问道，"我认为目前这种嘲笑圣诞节的方式是可怕的时代标志。我亲爱的妈妈总是说：'重要的不是礼物，而是准备过程中所体现的爱。'过去暑假一结束，我们就开始准备圣诞礼物。"

"好可怕的！"科兹莫说，"但我想当时防止虐待儿童协会还没有建立吧。"他转身对瑞秋说，"你和布兰登先生准备什么爱心礼物了？"

"给很多年轻人买了巧克力、玩具、手套、手袋和长袜。其实，他根本就不需要我。他很清楚该买什么。"

他们一起进去吃午饭。像往常一样，科兹莫一个人滔滔不绝，这让沃兹和康普顿小姐很烦。莫里斯和切丽已经离开了，他们的父母想谈论他们。埃拉想谈谈贫民窟。她刚从巴伯夫人那里回来，她希望像专家那样夸夸其谈。但是没有人反对科兹莫。他讲了一些趣闻逸事，并开怀大笑。其实，他讲的都是早报上的内容，大家都读过了。他讲述了伽菲灵顿的离婚秘史，他说出了秉性古怪的沃尔布鲁克夫人，为什么同意把她的女儿嫁给了臭名昭著的德摩斯梯尼·易兰德先生；通过内部消息，他知道了为什么塞拉菲娜与好莱坞终止合同的内幕。这并不是说他忽略了美味佳肴，而是说话、吃饭两不误。

瑞秋听了很高兴。她嘲笑科兹莫，但是她非常喜欢他，听不到瓦德洛和他们的孩子絮絮叨叨或者埃拉讲贫民窟，她很开心。

然而，不幸的时刻只是推迟了而已。刚吃完午饭，梅布尔就要求谈话，谈话进行了很长时间，令人无法忍受。谈话内容涉及母爱、母亲的焦虑，姐姐的心，还有暗示姐姐的钱包。

瑞秋尽力忍受着母亲的爱，安抚着母亲的焦虑，并展示姐姐的心，同时捏紧姐姐的钱包。这一切都很难做到，让人疲惫不堪。

好不容易哄着梅布尔躺下，又来了欧内斯特，大谈父亲的焦虑和父亲的责任。

此后，瑞秋退到了自己的房间，她的表姐埃拉又追了过来。她身材高大，骨瘦如柴。她有备而来，她的公文包里满是小册子和照片。

"你没有见到巴伯夫人太遗憾了，我连她一半都不如，但我真诚地向她保证我会尽我所能让你感兴趣。"

当路易莎·巴尼特进来拉窗帘时，她还在那里。她依依不舍地站起身，开始收拾公文包。

"时间过得真快啊！我要去洗手喝茶，但我会把这些小册子留给你。天啊，瑞秋，你看起来很疲惫。今天上午的事情太多了吧？布兰登先生太不体谅人了。"门在她身后关上了。

路易莎把窗帘拉了起来。

"瑞秋小姐，你看起来累得撑不住了，也不是因为上午累的。"

她转过身来，露出了苦笑。

"也不是路易闹的。你知道埃拉小姐是什么样的人。她脑子里只有那些文件，她还非要把它们给我看。"

路易莎愤怒地看着那些小册子。

"现在她在干什么？她今天做这个，明天做那个，什么也做不成。上次来谈麻风病人，之前那次谈的是与马戏团有关的事情，大上次来谈的是赤裸的异教徒食人族。我要说的是，如果他们生来如此，那么必有其道理，我们或者埃拉小姐都不能违背上帝的意志去干涉——就是这样，你无力改变！"

瑞秋咬着嘴唇。

"但是，路易，上帝并没有制造麻风病人或者食人族，他当然也没有制造贫民窟啊。"

路易莎现出了沮丧的神情。

"这可是你说的，瑞秋小姐。我有自己的观点，并且不只是我有。你现在脸色苍白，眼睑水肿，还在跟我谈论什么麻风病人和食人族，对你的身体没有好处。今晚不要去看卡普太太了，好吗？"

　　"哦，我必须去，她很看重这次会面。我喜欢去，你知道。换换口味很不错，因为她总是跟我说，我曾经是一个漂亮的小女孩，讲完了我，再讲她照料过的所有孩子。他们中的多数人我从来没有见过，但我感觉对他们很熟悉。有时我想，如果这些孩子聚到一起，那会是什么的景象啊！"

　　路易莎对卡普不感兴趣。一想到卡普太太曾经给瑞秋小姐梳过头、铺过床，她就生气。瑞秋要去看望她奶奶的时候，她总是极力阻拦，不是说天气太潮湿或太冷，就是说她太忙了或太累了。

　　"希娃小姐五点半就到了，你需要在家等她。"

　　瑞秋忍不住笑了。

　　"她的火车在五点半才到，六点以前到不了家。我一会儿就会回来。把我的手电筒放在门厅，挂上灯笼。巴洛可以在他去车站之前送我一程，我要从悬崖那边回来。"

第十四章
单独谈话

　　喝过茶以后，科兹莫似乎认为该轮到他和瑞秋单独谈话了。他有一个文件夹，里面全是要给瑞秋看的草图。他特别强调他不想让全家人看。瑞秋提醒他今天是去见卡普太太的日子，但他像路易莎一样烦人。他几次高声说："胡说八道！"他走来走去，裤兜里的钥匙叮当作响。他抱怨说她太忙了，腿都跑细了，然后开始责备家人放任她作践自己的身体。

　　"我亲爱的，好人很少啊，如果没有人站出来提醒你太劳累的话，我站出来说。我不怕你，我不怕说出我的心里话。你已经精疲力竭了，你需要去度假。你应该远离电话、求援信件、那些想要你为他们买东西付钱的邻居和我们所有人。除非……"他停住了，在她的椅子上方亲切地躬下身来，一只手放在椅子扶手上，另一只手放在她的肩膀上。"除非……瑞秋，我有一个主意。让我带你去摩洛哥怎么样？带上卡洛琳伺候我们，你来支付所有的费用。"他哈哈大笑，亲吻了一下她的头发，"想一想，亲爱的，想一想吧。"

瑞秋笑着站了起来。

"我觉得我应该找一个比卡洛琳更好的陪护。现在我要去看望奶奶了，你们照顾好自己吧。"

逃离是最好的解脱。在温克丽弗悬崖庄园，每个人有话要说，吵得她头昏脑涨。路易莎因忠诚而嫉妒，梅布尔和欧内斯特牢骚满腹，科兹莫占有欲强，埃拉热衷于有意义的事业——他们都在向她施压，她快喘不上气儿来了。总是索取，总是想得到更多。在所有这些表面的喧闹和压力下面是隐秘的黑手等着把她拉下来。在奶奶整洁的厨房里，她到了另一个世界——一个更古老、更简朴，更友善的世界。在这里，奶奶自己扮演着上帝的角色，其他人最大的才七岁。

"一天晚上他光着脚，只穿着睡衣，我看到他在你父亲的更衣室里，踮着脚尖想打开顶层的小抽屉。当时是夜里两点，就是他拉动抽屉的响声把我弄醒了。'桑尼少爷，'我说，'天哪，你在干什么？'你应该听过他的大嗓门。'我想要一张手帕。'他说。'哦，桑尼，'我说，'你自己的抽屉里有很多啊。你的枕头下面就有一个，我亲自放那儿的。'你猜他说什么？他毫不退缩，直视着我说：'它们太小了，不是男人用的手帕。我想要一张真正的男人手帕来擤鼻涕。奶奶，您帮我打开抽屉好吗？我够不着。'"

“你做了什么？”瑞秋明知故问。

保姆卡普是一个非常胖的老妇人，她穿着黑色羊绒衫，外面罩着白色羊绒披肩，大脚上穿一双大号的毛边拖鞋。除了上床睡觉，她从不离开她的椅子，但她过得很开心。有人在的时候，她跟人聊天，没人在的时候她就听广播。一个胖胖的侄女照顾她，她每周见她心爱的瑞秋小姐一次，她知足了。她有四层下巴，每当她大笑的时候，它们就会颤动，就像现在这样。

“哦，我打开了抽屉，给他找了个最大的。我知道特勒赫恩不会介意，因为他是一位访客，是他的合伙人布伦特的儿子。布伦特先生是个好人，可不知道为什么他跟你父亲吵了一架。从那以后，桑尼少爷再也没来过。当时，他已经来了几个月了，他跟梅布尔小姐因为一件事争论不休，梅布尔小姐总是哭闹，他不能忍受。当时你只有四个月大，他非常喜欢你。你可能认为他以前从未见过孩子，我也这样想，起码没有近距离看过。我经常想他现在怎么样了，他应该是个好人。是那次争吵之后，布伦特先生才走的。此后，你父亲赚了大钱，我们又回到了英国。你打听到他们的消息了吗？”

瑞秋摇了摇头。

“没有。父亲让我找他们，我找了，但没有找到。”

“我喜欢桑尼，如果他真的出现了，你一眼就能认出来。因为当时我们那块儿有个文身师傅，布伦特把那可怜的孩子的名字文在了他的胳膊上！是左胳膊肘的上面。我跟他说这是在糟蹋孩子。但他只是笑了笑。桑尼少爷翘起下巴：‘我没哭吧？’他真的没哭。太残忍了，一定钻心地疼，当时我想，布伦特怎么忍心看着可怜的孩子被如此虐待呢？这让我想起了罗斯丽·玛莎小姐，我在科兹莫先生家的时候，她经常来看望弗里斯一家。她不得不去看牙医的时候，她的母亲常常给她半个克朗。科兹莫太太对她的做法很得意，我恳求科兹莫太太多给点儿，她说：'如果科兹莫少爷现在不学会忍受痛苦，那将来永远不会。'经历过几件类似的事情之后，我离开他家，去了你亲爱的母亲那里，当时她抱着五岁的梅布尔小姐，怀着你。你一生下来，我就照看你。但是，科兹莫先生已经长大了，我很高兴在他只有六个月大的时候当了他的保姆。他经常顺路进来坐坐。他给我讲外面发生的事情，为什么你不相信有这样的事呢？现在相信了吧？但是他该讨个老婆了，他岁数不小了，上次来我家的时候，我跟他这样说。外面大家都很着急。他说：'奶奶，如果我想娶的人不接受我，我有什么办法呢？'他用恳求的目光看着我，就好像我刚刚把蛋糕锁在了育儿室的橱柜里一样。我说：'那就继续追求她。'他严肃地望着我说道：'奶奶，我能给她什么呢？我只有一屁股债务，一屋子没人买的画，还有她不愿接受的满腔的爱。在过去的这二十年里，她随时可以接受我，这一点儿她很清楚。'我把他拉过来，拍了拍他的肩膀告诉他，脆弱的心永远不会赢得女人的芳心。"

瑞秋站了起来。她长大以后，科兹莫就经常向她求婚。此事由来已久，她已经把他的求婚看作他表达表亲感情的方式，她看重这份感情。但就在此时此刻，她想起了科兹莫坚持要在今晚或最近给她看水彩画，难道水彩画是他求婚的最后一根稻草吗？而保姆也动了感情，极力为他的事业辩护，甚至眼含泪水，声音颤抖！她的脸因愤怒变红了。她有些激动地说："当别人不想听的时候你还在讲，那是错误的，奶奶。告诉他另选他人，免得耽误了他的终身大事。现在我必须走了。"

"哦，瑞秋小姐，天还早呢。"

卡普太太知道她扯得太远了。她的语气里饱含抚慰，好像在说："坐下聊聊，我不会再提科兹莫先生了。"但瑞秋摇了摇头。

"不，我必须走了。我有客人坐五点半的火车来——我本该在家等她的。"

"挂钟快了，瑞秋小姐。陶磊治先生拆篱笆时挖出了蝰蛇，你听说了吗？一听到蝰蛇，我毛骨悚然。"她一直握着瑞秋的手，飞快地说着，为的就是让她再待会儿，"我对艾伦说：'陶磊治先生拆掉旧篱笆搞得蛇无处藏身，然后再建新篱笆，这不是没事找事嘛。你亲眼看见蛇了吗？'她说是她亲眼所见。你不会相信的。但是，那些熊孩子把蛇卖给那些傻瓜，一个便士一条！他们说老贝蒂·马丁买了好多条呢。真是个女巫！艾伦说两个孩子告诉她，他们已经卖掉了一些活蛇。他们是用捕虾网逮住的，然后把蛇串起来。你说要活蛇干什么用？"

瑞秋把她的手抽了回来，但她已不再急着走了。她感到两腿发软，她吃力地问道："哪些男孩？谁买了蛇？"

"艾伦不认识。他们说是一个戴着绿色围巾的女士买了两条活的蝰蛇，她给了他们很多半克朗。你说这事怪不怪？"

"很怪。"瑞秋说。她感觉自己的声音很怪，不知道奶奶觉察到没有。

卡普摇了摇头，梳理整齐的发卷和花边帽也跟着摇晃。

"要活蛇干吗呢？"

"我想不出，"瑞秋说，"晚安，奶奶，我真的该走了。"

第十五章
瑞秋遇袭

瑞秋在黑暗中，站在卡普的小屋门口，极力平静下来。那天早上，切丽出去时就是戴着绿色的围巾——一条鲜艳的绿宝石般的围巾，即使在黄昏时也可能会吸引孩子的眼睛，被人记住。但是任何人都可以有一条绿色的围巾。卡洛琳也有——翠绿色，非常鲜艳，那是梅布尔一个星期前送给她的生日礼物。

她的身体开始颤抖——那是病态的颤抖。不可能是卡洛琳。不，不，不，不可能是卡洛琳！有些事情是你不能相信的。

她站在那里一动不动。天气很冷。颤抖的感觉过去了。她拿出手电筒把它打开，光线太微弱了，她几乎看不清她所倚靠的门。她不敢相信自己的眼睛，因为那天早上刚换的新电池。她在想是走峭壁小径呢，还是为了安全起见绕远儿走大路呢？她犹豫不决。但是，走大路要绕很长的路，峭壁小径对经常走的人来说很安全，她的眼睛已经完全适应了黑暗，她能够分辨出天空下小屋的轮廓以及路面。

她熄灭了手电筒，走了一小段路，发现她能看得很清楚。她很容易看清路，这是最重要的。悬崖边上只有一个二十码长的地方最危险，因为一个月前，那里的护墙被猛烈的暴风雨冲垮了，目前正在重建之中。她要把手电筒留着走那段路时再用。

她刚刚打开了手电筒，就觉得后面有脚步声，这让她先是困惑，继而感到来了救兵。她停住脚步仔细听，手电筒在她手中晃动着，在路上折射出舞动的图案。她的心里有了一种安慰和温暖。

在以前的三次看望保姆中，盖尔·布兰登两次来接她，他总是突然出现，陪伴她走过峭壁小径回家。

她今晚离开得早了。肯定是他发现她走了，现在跟了上来。她没有停下来等他，而是放慢了脚步，让他赶上她。想到有人陪伴她很高兴，于是，她不再害怕了。

她走了几步，站在小径的边缘，望着大海。大海在涨潮，但只有最高的潮水在寒风的推动下，到达了悬崖的底部。

黑暗岩石的脊背一直通到黑暗的水里。岩石几乎看不见，只是黑乎乎的影子，但是她知道它们是岩石。寒风刮过岩石，刮过峭壁小径，风声足以掩盖了越来越近的脚步声。偶有片刻的宁静，她等待着脚步声，仔细听着，望着水面。

这时，她感觉声音就在身后。她想转回身去，突然她的两肩之间遭到猛烈一击，手电筒滑落了，她一头撞在悬崖边上。那半转的身体救了她一命，她侧身着地，而不是一头栽倒。她的右臂扑了出去，手扑了个空，但她的左侧接触到架设了脚手架的悬崖。她的左腿正好踩在石头上，左手抓住了草丛，她的脚试图找到落脚点。就在这时，她的双手死死地抓住了灌木的树枝。她挂在那里，不知如何是好，但她清醒地知道下面就是可怕的岩石；悬空的状态也不可能维持太久，树枝很可能折断。

这时，她的左脚又找到了落脚点，那是一个小小的凸出的岩石，虽然狭窄，但跟悬崖本身一样结实。她把另一只脚也踩在上面，这样，她双手不再承受巨大的拉力，她的身体平衡了。

她一度感到宽慰，好像得救了一样，但是随后才意识到自己的处境。她只能看清悬崖的边缘。大概在她上方八英尺[①]的地方。她可以这样在这里维持待一段时间，但要多久呢？天很冷。她的手是裸露的，她总是尽量不戴手套——这个习惯救了她一命。但是如果她的手指麻木了，如果她晕过去了，那她肯定掉下去摔死。如果她呼救，唯一能听见的人就是那个把她推下悬崖的人，因此她不敢呼救。

她抬头望去，上面传来滚石相互碰撞发出的声音，比黑暗更黑的东西从悬崖小径边缘抛下来，掠过她的身边。她听到石头坠落在下面很深的地方。滚石呼啸而下，风从海上刮来，她内心在哭喊。她的身体在颤抖，心也在颤抖。如果她不是记得下面是岩石，她真会松手了。

她抬起头望着那块大石滚落下来的地方，等待着另一块。那里有大量的岩石，岩石来自被冲垮的护墙——石头都松动了，很

---

① 一英尺=0.3048米

容易推倒。下一块更是让她魂飞魄散，然后没有了。她想："我喊叫吧，让他认为我掉下去了。"

就在她抬头望的时候，她意识到有人在往下看着她。她只看到一团黑影站在石头滚落的地方。那就是恨她的人，想让她死的人，他是想弄清楚她确实死了再离开。她说"他"，但并不知道那人是不是男人，总之，那就是想置她于死地的人。也可能是一个女人。这种仔细搜索让她难以忍受，搜索持续了很长时间，然后，那团黑影移动了。她不知道那人去了哪个方向，只知道他走了。最可怕的恐怖离她远去了，她闭上眼睛祈祷。

她不知道过了多久，才看到出现了光亮，她一定是已经通过紧闭上眼睑感觉到的，因为她正在默诵一首圣诗的时候突然停住，睁开了眼睛。在她的左边十几英尺的地方，是一支手电筒舞动的光束。光束和她不在同一水平线上，而是在头顶四到五英尺高的小径上。手电筒在那人的手中轻松地摆动。伴随着风声，盖尔·布兰登的声音传来。他正在唱着一首黑人的圣歌：

"往下看，在你上路之前，顺着那条寂寞的路往下看……"

她用尽全身的力气高声喊道："救命！布兰登先生——救命！"

他停下脚步，听到布兰登含糊地说出了她的名字。

她又声嘶力竭地喊了一遍。

他叫了一声"瑞秋"，叫声里包含着痛苦，随后，光束寻声照下来，正照在她仰起的脸上和惊恐的眼睛上。

他说："我的上帝！"然后紧接着说，"你能坚持住吗？"

"我不知道。恐怕坚持不了很长时间。"

"你必须坚持住，我去去就来。"

光束又回到了小径上，她听到急匆匆的脚步渐渐远去。

她在想这里离奶奶的小屋有多远。不太远，但是没有人能帮上忙。艾伦七点钟才回来。

寒风吹打着她，她开始变得僵硬了。狭窄的岩石上只容得下她的脚的前半部分，脚尖以外没有支撑点。她根本无法动弹。她的左手掌由于在滑落时死死抓住岩石受伤了。她感到头晕目眩，于是她闭上了眼睛。

然后是一片宁静，紧接着传来了跑步的声音，只是这次更近了，她听到盖尔·布兰登喊着："坚持住！我来了！你不会有事的！"

此刻就在她的上方，手电筒巧妙地倾斜着让他看到她的位置，又不晃她的眼睛。他手里拿着一捆白色的包袱并开始投下来。

"奶奶没有绳子，我只能把她的床单撕碎结成绳子，这就是我去了这么长时间的原因。"

床单结成的绳子沿悬崖峭壁顺下来，落在她身边。

"瑞秋，你的一只手能不能完全松开？"

她说："不能。"

盖尔·布兰登说："你能！"灯光在她的两只手上晃来晃去。他鼓励道："你右手抓着一大把东西，感觉抓得紧吗？"

其实，她什么也没感觉到，但她说"紧"。

"你站在什么上面？"

"岩石——但只是脚趾头在上面。"

"那好。现在我把绳子晃到你的左侧，绳子头上打了套，我试着把它套在你的肘部。当你感觉套牢的时候，你就松开左手，把你的胳膊伸到绳套里，然后抓紧头顶上的绳子。这样绳套就到了你的腋下。现在赶紧按我说的做，然后我再告诉你下一步该做什么。"

瑞秋按他说的做了，但不解其意。她抓着绳子，当她的体重落在绳套上的时候，她感觉绳子在她的腋窝下卡紧了。

盖尔·布兰登说："很好。"光束又从她身上滑过，"现在你得把头钻进去，这很容易。然后伸进你的右臂，这样绳套就会在两个腋窝下了。"

瑞秋说："我想我不能。"

她听到了从来没有过的最严厉的命令："照我说的去做，马上做！"

她照做了。

此刻她双手攥紧绳子，绳套捆住了她的身体。

他说："现在好了。我要把你拉上来，但是你必须尽量自助。不要偏离方向——小小的坡度于我们有利，借助每一个小小的有利条件。别害怕，我不会松手的，你现在很安全。"

安全！接下来的几分钟让她经历了前所未有的恐惧。如果她不那么害怕，她可能会晕过去。如果她真的晕厥了，倒省事得多了。不容多想——她必须帮助盖尔。

但是一开始她什么也做不了，绳子绷紧了，她双脚悬空了。她在空中打了个转，然后她一次被拉上去几英寸。她的脸，手都被树丛划伤了，小树枝钩住了她的长裤，此刻她的一条腿被拖到了一片突出的草丛上，这减轻了身体的摩擦力。然后继续往上，但已经那么困难了。悬崖到小径之间有坡度，盖尔继续拖拽她，她时而屈身，时而爬行，终于到达了小径的边缘。盖尔抱住她的腰，把她拉到他身边。

他们蹒跚着来到脚下有粗草的地方。他们紧紧地搂在一起，形成了一个影子。两人都没有说话。她能感受他的喘息和强有力的、均匀的心跳。她从未如此近距离接触过别人。寒冷和恐惧消失了。

突然，他松开了她，厉声喊道："谁在那里？"

瑞秋依然抱着他的胳膊，转过身来，看见一个灯笼在小径上晃动。那是从温克丽弗悬崖庄园来的方向。灯笼的光圈照射着一双脚，这双脚无论在哪里她都认识。她有气无力地说："那是路易莎。"然后坐在了草地上。

果然是路易莎，她伏在瑞秋身上哭泣，询问伤情，盖尔警告她不要大惊小怪。她的哭闹会让瑞秋更加头昏脑涨，此刻她真的要昏厥了，但无论是盖尔的命令还是她自己的头晕，也不能完全阻止路易莎的悲叹。

"啊，我亲爱的瑞秋小姐！"她说了好几次，"我必须来找你——我着急呀。哦，我的天哪，我知道会这样！我愿意为你而死——但我无法阻止他们……"

"你安静点！"盖尔·布兰登说道，"我想把你的主人弄回家去。放下灯笼，帮我解开她身上的绳子！"

她还没有意识到，正是她双臂下和胸部的绳子让她几近昏厥，解开绳子之后，她深吸一口气，她的头脑也清醒了。

盖尔把她扶起来。

"你能站立吗？"

"哦，能。"

"能走吗？"

他的胳膊搂着她，正是这双强有力的胳膊救了她的命啊！多么有力的胳膊啊！

她又说："哦，能走。"

"很好。那我们走吧。路易莎，你拿着灯笼在前面走。不，不是那个方向。我把我的车停在了奶奶的小屋。我不能让她走太远的路。捡起那把手电筒，走吧！"

事实上，运动对瑞秋很有好处。她的肩膀和手臂一直都处于麻木状态，现在又有了知觉。她感觉很痛，有擦伤，但是没有实质性的伤害。她还没有考虑自己的伤情。

但是当他们来到车跟前时，盖尔派路易莎去告诉奶奶瑞秋很安全，她紧紧地抓住他的胳膊，仿佛这是她唯一可信任的人。

"我想和你坐在一起。"

"我也想让你坐在前面，但我觉得你在后座靠在角落里会更舒服些。"

"不，我想和你待在一起。"

听到她的声音里隐含的恐惧，他皱起了眉头："你为什么害怕？现在没什么可害怕的了。"他搂着她，盯着她说，"不要怕，好吗？"

她还没有来得及回答，路易莎就走出了小屋。

在开往温克丽弗悬崖庄园的路上，他坐在路易莎身边，黑暗中他一直皱着眉。

第十六章
开始战斗

瑞秋在她的房间里查看伤情，心想肯定伤得不轻。她的身上有瘀伤和擦伤，但仅此而已。

"你必须马上上床睡觉，瑞秋小姐，不能再见任何人了。"路易莎含着泪说。

瑞秋考虑了一下。她可以说她摔了一跤，或者躺在床上或者舒服地坐在火炉旁。但是她不知道这样是否能把梅布尔拒之门外，因为与梅布尔单独交谈还不如面对全家人，她实在受不了梅布尔。再说，她还想与希娃小姐会面。

洗完热水澡后，她感到温暖轻松，她站在那里，若有所思地看着路易莎。

"路易莎，我想穿着晨衣在火炉旁安静地吃晚餐，闹闹陪我就行了。我一点儿都不困，但我不想换衣服，也不想说话。你能让家人不来打扰我吗？"

路易莎点点头。

"当然，亲爱的，我可以把你反锁在屋里，把钥匙带走。"她走近瑞秋，拿起她的一只手贴在她的脸颊上，"哦，亲爱的，为了你，我什么都可以做——这一点，你知道的。"

瑞秋有些颤抖地抽回了她的手。

"我知道，路易。"她坐到大椅子上，靠到椅背上，感觉很舒服。

但路易莎站在原地不动。

"你不想告诉我发生了什么事吗，瑞秋小姐？"

瑞秋的心顿时凉了半截：路易莎又缠上她了！不！不要。"路过悬崖的时候，我摔了一跤，"她说，"布兰登把我拉了上来。太可怕了，但已经结束了。我没有受伤，我不想再谈论它了。"

路易莎没有说话。她不再哭了，严厉地说："你在瞒着我，你以为我不知道那是有人捣的鬼吗？你能告诉我是如何掉下悬崖的吗？你对那条路就像对这个房间一样了如指掌！哼！布兰登先生把你拉上来的，莫不是他把你推下去的吧？"

瑞秋笑了。此刻，她还能笑得出来太可爱了。

"别傻了，路易！"

"哦，是的，我是很傻——傻傻地关心着你。但是，你是被人推下悬崖的——根本不是摔下去的。你认为不可能是布兰登先生干的，因为他让你相信他喜欢你。"

瑞秋抬起头。

"路易，你过分了！现在把我本子和铅笔拿来，我想写张便条。"

纸条是给希娃小姐的，上面写道：晚饭后找个借口到我的房间来，路易莎会给你带路。

不久，卡洛琳来敲门。瑞秋让她进来坐一会儿，并嘱咐她不要告诉梅布尔。她觉得这个女孩看起来脸色苍白，好像有什么心事。

"有什么事吗，卡洛琳？"

卡洛琳拿起她的手吻了吻。

"亲爱的，你会摔倒，但怎么可能掉下悬崖呢？我感到很恐怖。你确定没有受伤吗？"

瑞秋突然问道："梅布尔给你的绿色围巾呢？"

卡洛琳后退一步，吓了一跳。

"亲爱的，干什么啊？"

"你昨天戴了吗？昨天下午——在悬崖小径？"

卡洛琳瞪大了双眼。

"我去接理查德了。我没有戴围巾。我不喜欢那围巾，因为它太鲜艳了。怎么了，亲爱的？"

"有人看到一个戴着绿色围巾的女孩，我想知道是不是你。"

卡洛琳一脸疑惑。

"任何人都可以有一条绿围巾。"

希娃小姐在九点钟后来了。当她来的时候，瑞秋反倒希望明天早上见她为好。她一直坐在火炉旁，感到既安全又惬意，因为她现在确信盖尔·布兰登是爱她的。没有什么别的女人，他爱的就是她——瑞秋·特勒赫恩，而不是别人。她也爱他，她对他的感觉和她自己的感觉深信不疑。没有言语的表达，只是一个简单的拥抱就让她明白了。差不多二十年前，她把所有的情感都放到了一边，现在这种情感回到了她的心海，并且涌遍全身，喜悦在她心里升腾。难怪她不想与希娃小姐交谈，原来是破坏了她的好心情。

但是，当她走过房间去开门，闹闹在她身边活蹦乱跳的时候，她的心情变了，因为这不仅仅是她的生命受到了威胁，还有全新的快乐。·

她决心开始战斗。

希娃小姐走进房间，她穿着经常出入公寓的老年妇女偏爱的衣服。很明显，那是夏天的衣服被染成了黑色。一些花边装饰着脖子和手腕。当她坐在炉火另一边的椅子上的时候，一条长长的老式金链耷拉到她的腿上。她那浓密整洁的头发被紧紧地固定在网罩里。她穿着黑色羊绒长袜和有串珠的格鞋。她的左手腕上戴着一个宽大的、镶着红宝石的老式金手镯。头发上有一个令人生畏的饰针，上面有英国皇太子的纹章；细小钻石被褶裥所围绕，黑珐琅的边框也用珍珠做成的，像个靶子垂在胸前。她拿着一个黑色缎子的工作包。瑞秋觉得任何人都不可能怀疑她是一个侦探，她几乎不能相信自己的眼睛。

宾主寒暄过后，闹闹也来迎接，它好像对客人很满意。希娃小姐轻快地说："我知道你有很多话要告诉我，但在你开始之前——这里隐秘吗？还有这两扇门？"

"一个通向我的浴室，另一个通向我自己的起居室。进入浴室就这一扇门，但最好把从起居室进入通道的门锁上。"

她刚要起身，但被拦住了。希娃小姐说："让我来吧。"然后小跑到起居室的门口。瑞秋听到她打开了第二扇门，随后传来"咔嗒"一声，她知道门锁好了。

希娃小姐回来了，但她没有马上坐下来。她先到浴室向里面看了看，之后才坐回椅子上，打开黑缎包，拉出她的毛线——一团浅蓝色的毛线，把毛线展开来，希娃小姐自己称它为一朵云。

"亲爱的希拉里是一个可爱的女孩，浅蓝色最适合她。瑞秋小姐，你为什么半夜三更给我打电话？今天发生了什么？"

第十七章
怀疑对象

瑞秋尽可能简短地回答了这两个问题。她告诉她闹闹在她的床上发现了蝰蛇，并想了想那是几天前的事情。然后讲述了被推下悬崖边的事。

除了一句"我亲爱的特勒赫恩小姐！"以外，希娃小姐一直静静地听着。她已经不再织毛衣了。她的双手放在淡蓝色的毛线上，目不转睛地看着瑞秋的脸。最后她快速问道："你没有受伤吧？"

"没有——只是有些擦伤。"

"老天保佑！我可以问你一两个问题吗？这次去看望你的保姆——有多少人知道这件事？"

瑞秋抬起放在膝盖上的手，然后又放下。

"大家都知道，因为我每周都去。"

"那位布兰登先生，他知道吗？"

瑞秋觉得脸上一阵发烧。

"是的，他知道。最近都是他陪我回来。我出来的时候，他在等我。"

"那他今天晚上为什么没有等你呢？"

"我想他是按往常的时间去的，而我今天离开的早了。"

"哦？你为什么离开得早？"那普普通通的小眼睛异常敏锐。

"奶奶说了一些让我心烦的事。"

"你能告诉我是什么事吗？"

瑞秋犹豫了一下，然后把艾伦小姐讲的戴绿色围巾的女人买走捕虾网里蝰蛇的事告诉了希娃小姐，但她没把奶奶唠唠叨叨说出的有关科兹莫·弗里斯的事告诉她。

"我明白了。你家里人当中谁有绿色的围巾？"

瑞秋的脸一下子变白了。

"两个年轻的女孩，切丽·瓦德洛和卡洛琳·庞森比。这让我心烦意乱——但这是绝对不可能的。"

"他们当时都在这里吗？"

"切丽今天早上出门的。"她极力克制的声音突然爆发了，"希娃小姐……"

希娃小姐慈祥地看着她。

"亲爱的瑞秋小姐，我恳求你不要折磨自己了。你很喜欢卡洛琳小姐，是吧？"

瑞秋闭上了眼。

"绝对不可能。"她紧张地说道。

希娃小姐拿起了她的毛线。

"让我们回到今天下午的事情上来。你没带上聪明的小狗吗？"

"没有。奶奶不喜欢他，闹闹也不喜欢她。它总是坐在房间的另一边，'汪汪汪'叫个不停。事实上，她们还是不见面的好。"

"哦，很遗憾。我想，不带狗这件事也是众所周知的吧？太遗憾了，闹闹本可以给你发出警告的——现在说这个没用了。瑞秋小姐，你确定是被人推下去的吗？"

瑞秋目光坚定。

"很确定，希娃小姐。"

"推你的人是男人还是女人？"

"我不知道。"

"好好想想。男人的手更大、更硬、更有力。努力回忆一下那是什么样的一击。是重重的一击吗？或者仅仅是推搡？你说你是被推下去的。"

一阵轻微的战栗掠过瑞秋的全身。

"是重重的一击。"

"那就是说可能是男人也可能是女人。"

"我想是的。"

她说："不可能是强壮的男人发出的一击吗？例如布兰登？"

瑞秋开始大笑起来。

"你怎么知道布兰登先生很强壮？"

"只有非常强壮的人才能把你拉上来。"

瑞秋继续笑，笑是一种解脱。

"我亲爱的希娃小姐，如果布兰登先生把我推下悬崖，我就不可能抓住树丛，直接就掉到海里去了。"

希娃小姐的眼睛闪闪发光。

她说："这正是我想知道的。你知道，推倒你的那个人不用费太大的劲儿，因为你没有防备，突然间失去了平衡。因此那个人很可能是女人。"

瑞秋被惊呆了，笑声戛然而止。

希娃小姐倾身说道："很抱歉让你痛苦，但我一定要问这些问题。现在我问完了。来见你之前，我做了大量功课，我跟你所有的亲戚都谈过了。我发现，人们面对无足轻重的人所表现出的态度非常具有启发性。"

瑞秋对她的家庭没有任何幻想。她感到有些恐惧，她希望是好的启发，她问道；"受到了启发？"

希娃小姐用一根黄色的针织她那浅蓝色的毛线，针像一根细长的麦芽糖。她用干巴巴的声音说："哦，相当受启发。"

瑞秋说："说说看。"

希娃小姐咳嗽了一声。

"每个人都有自己的想法，大多数人想的都是钱。"

"是吗？"

"瓦德洛太太说话很随便，对方是不是陌生人无关紧要，重要的是她能够谈谈她最亲爱的莫里斯，如果他去俄罗斯，她担心他的健康，她希望你能把他安排在本国更安全的企业工作。她也谈到了她的女儿，但缺乏激情。她似乎怀疑她的经济状况不好，可能要私奔。"

"这些都是梅布尔说的吗？"

希娃小姐点点头。

"大约二十分钟后，晚饭后——在沙发上。我没怎么跟卡洛琳小姐说话，但我在观察她。她陷入了深深的困境，不知道如何是好。当然，理查德先生很喜欢她，她的麻烦可能仅仅是爱的过程不是那么顺利而已。他们的婚姻有经济上的障碍吗？"

瑞秋说："我不知道。理查德不接受我的任何东西。我资助他进修，但他把钱还给了我。我不知道他是否有资格结婚。卡洛琳一年大概挣三百英镑，但我想她一定是损失惨重。近来她无事可做，我知道她卖了一个戒指。我不想说什么——她很敏感。"

希娃小姐的针又响了。

"瓦德洛先生胆小怕事，小事情对他来说也很重要。这种性格甚至让训练有素的观察者都感到困惑。琐碎的事情太多了，以至于人们都倾向于认为其实他们并没有什么事。他就属于这种情况——或者不是。我保留对瓦德洛先生的判断。"

"科兹莫呢？"

"弗里斯是一个非常有魅力的人。在我面前，他也刻意表现出迷人的一面，这让我特别震惊。"

科兹莫让瑞秋心头一暖，尤其是她感到有些紧张。在无足轻重的客人面前，他总是彬彬有礼。他整个晚上都躲在角落里读书，感到无聊的时候，他也会打哈欠。她说："很高兴你喜欢科兹莫。

他有点儿被宠坏了，但他的心是世界上最善良的。"

希娃小姐爽朗地微笑了。

"善良的心确实比王冠多，就像亲爱的丁尼生勋爵说的那样。"

瑞秋很想把这段话说完，但她克制住了。

"你与埃拉·康普顿相处咋样？"她问。

"她好像对拆除贫民窟很感兴趣。"

瑞秋大笑起来。

"她总是对某件事很感兴趣，但不会对同一件事感兴趣很久。都是值得做的事情，但她还是感到厌倦得要死。"

希娃小姐目光敏锐地抬头望着她。

"她收藏吗？"

"积极着呢。她从你那里收集了吗？"

"只有半克朗。从你那里呢？"

瑞秋又笑了起来。

"恐怕我连半克朗都拿不出来。"

希娃小姐放下她的针织活儿，从黑缎袋里拿出笔记本和铅笔。

"原谅我，瑞秋小姐，但我应该记下过去的一年里你通过康普顿所资助的社团或慈善机构的名字，以及捐赠数目。"

瑞秋咬着嘴唇。

"希娃小姐，我认为……"

希娃小姐的眼睛一亮。

"有人想谋害你，我还没有怀疑对象。没有确定怀疑对象之前，我的职业要求我怀疑每个人，审查每个人。这样，信任才能再次得到确认。如果其中一个有罪——瑞秋小姐，你信教吗？"

瑞秋说："是的。"

希娃小姐满意地点了点头。

"那你就会同意我的说法，查出真凶对大家都有好处。如果他没有被发现，他将会做更多的坏事，并获得更重的惩罚。现在请你谈谈细节吧。"

瑞秋照办了。

第十八章
案情梳理

希娃小姐来到她自己的房间，坐在高背椅上沉思了大约十分钟，然后瞥了一眼壁炉正中央她自己的瑞士机芯小钟，小钟在一个雕花的木制盒子里发出响亮的嘀嗒声。现在还不到十点，她起身按响了门铃。

她正想再按一次，这时一个胖胖的、面色红润的女孩匆匆忙忙地赶来了。

希娃小姐说："不知道我是否可以找路易莎谈谈，瑞秋的侍女是叫路易莎吧？"

"哦，是的，小姐。但是如果我能代劳的话……"

"不行，谢谢你。是你为我铺的床吗？你叫艾薇吧？非常感谢你，艾薇。你让路易莎上楼来我这里一下好吗？我想她的房间在特勒赫恩小姐房间附近。哦，是瑞秋起居室那边的那间吗？很顺脚的。"

当艾薇离开时，希娃小姐随后跟了出去。她走过瑞秋·特勒赫恩的卧室和客厅的门，然后站着先听一会儿，再轻敲路易莎的屋门，没有回应，她转动手柄走了进去。

大约十分钟后，她回到自己的房间，听到路易莎的敲门声，说了声"进来！"但路易莎并没有进屋，而是继续站在门口。

"你有什么需要吗，小姐？"

希娃小姐说："是的。"并以一种命令的口吻补充道：

"请进来把门关上。"

路易莎很不情愿地走了进来，她的态度表明这里的卧室不归她管。

希娃小姐示意她坐在离她很近的椅子上。

"你坐下。我想和你谈谈。"

"太晚了，小姐。"

"请坐吧。我是私人侦探，我想跟你谈谈你的女主人——那些针对她的谋杀。"

路易莎搬过椅子坐下，她的举止与其说是遵从，不如说是站累了。她面露惊恐，脸抽搐了起来。过了一会儿她结结巴巴地说：

"瑞秋小姐告诉过你了吗……"

"她跟我说了几次谋杀，我想跟你一起梳理一下，因为我相信没有人比你更能帮助我。"

路易莎那双充满感情的黑眼睛目不转睛地望着她。

"如果你能救瑞秋小姐，我会帮你的。是应该有人出手的时候了。"

希娃小姐点点头。

"很好。你帮助我，我们一起救瑞秋。"她拿出了一个闪亮的笔记本，"路易莎，咱们先谈谈第一次谋杀——光滑的楼梯，你还记得吗？"

路易莎点点头。

"我永远不会忘记，她差点儿被害死。"

"路易莎，我不想让瑞秋小姐担心，但我想知道当时谁在家，以及他们住哪个房间。"

"像他们现在住的一样。当时他们都在这里。瓦德洛夫妇住在一楼瑞秋的套房，因为梅布尔小姐有心脏病。套房里有卧室、更衣室、浴室和起居室，就在瑞秋的下面——一样的房间，只是在一楼。弗里斯先生和莫里斯先生来的时候住在一楼的单身区，它们的入口就在车库旁边。卡洛琳小姐的房间在瑞秋小姐对面，隔壁是切丽·瓦德洛小姐。康普顿小姐在你的隔壁。理查德先生有两间屋，在弗里斯和莫里斯先生的上层，因为他有很多建筑结构方面的工作要做。"

希娃小姐点点头。

"瑞秋小姐在给狗洗澡的时候，这些人都在哪里呢？"

路易莎抬起头，说道："我知道其中一个人在哪里，因为我路过的时候，她正好从她的房间里走出来，那就是卡洛琳·庞森比小姐。她迅速关上了门，但是我对《圣经》发誓，我看见了她——她一直在哭。"

"那天下午，你在楼梯附近看到过其他人吗？"

"半小时后，理查德先生来了，他在敲卡洛琳的门，想让她出来，但她没有出来，也许有她自己的原因吧。"

"你没看见其他人吗？"希娃小姐问道。

她想了想。

"没有。我不是看楼梯的，还有别的事要做。"

希娃小姐在闪闪发亮的笔记本上翻了一页。

"在烧窗帘事件中，那是几点钟？是谁发现着火的？"

"晚上七点左右，我自己发现的，窗帘都烧着了。我上来归置瑞秋小姐的东西，只有卡洛琳小姐和理查德走出了起居室。当我走进卧室的时候，窗帘都着火了。"

"确实很可疑，"希娃小姐说，"幸运的是瑞秋小姐没有受到实质性的伤害。我相信你来得太及时了。"她又翻过一页，"现在我们谈谈更严重的问题——巧克力事件。"

路易莎的嘴唇抽动了一下。

"如果我不在这里……"她说着，把手放在嘴唇上，"瑞秋小姐对他们太好了。"

"她买巧克力的时候，你和她在一起吗？"

"是的。卡洛琳小姐也在场。她告诉你这些了吗？"

希娃小姐温和地注视着她。

"没有。现在，你能告诉我这个盒子晚餐前在家里放了多长时间吗？放在了哪里？"

"五点到七点半在瑞秋小姐的起居室里，就在这段时间里，有人做了手脚。瑞秋小姐在她的卧室，巧克力在起居室。任何人都有可能接触巧克力。"

"你知道是谁吗，路易莎？"

"我有自己的想法，我怎么帮助揪出他们呢？但小姐瑞秋听不进去——她不肯相信。"

"是啊，心瞎比眼瞎更可怕。你所讲的很有用。"她又翻过一页。"我们现在谈谈很奇怪的蝰蛇事件。"她一本正经地凝视着她，"路易莎，你是怎么想出这样的办法的呢？"

一阵沉默。然后路易莎·巴尼特的眼里出现了不易觉察的惊吓，继而被一种近乎疯狂的愤怒所取代。她提高嗓门说道："你说什么？"

希娃小姐平静依旧。

"我问你为什么把那些蛇放在你主人的床上。"

路易莎从椅子上站起来，又坐下。脸上的愤怒消退了，脸色变黄，很沮丧的样子。她哽咽着用嘶哑的声音说：

"我？开玩笑！我可以为瑞秋小姐而死。她知道的，你也应该知道的！"

"可是你把蛇放在她的床上，不是吗？请不要以为你可以骗过我，因为我知道就是你干的。我甚至可以说出你为什么这样做。你是想让瑞秋小姐相信，其中一个亲戚企图伤害她，你想让她相信是卡洛琳小姐干的。所以当你听说陶磊治先生的树篱下发现了很多蝰蛇的时候，你把卡洛琳小姐的绿色围巾从她的房间里偷了出来。你在黄昏的时候出去，看能否搞到一条蛇。你运气很好，因为你从一些男孩手中买了两条装在捕虾网里的活蛇，而那些男孩并不认识你。你给他们半个克朗，他们还记得那条绿色的围巾，这正是你所希望的。你把捕虾网放在你的房间里，真是愚蠢！我是在你的衣柜里衣服后面发现的捕虾网。路易莎·巴尼特，那些搞谋杀的人，如果罪行不想被发现，比你谨慎得多了。"

路易莎发出了可怕的喘息声。她的头靠着墙，眼睛瞪着。希娃小姐以为她要昏厥过去，但她恢复了常态。她扬起头，两眼冒火，用颤抖的声音说：

"你来这里窥探，你以为你找到了什么证据，自以为有多聪明，但无论是你，还是别人，都不能让我的瑞秋小姐相信我会伤害她的！她很清楚我愿意为她而死！所以你根本就不聪明！"

微弱的敲门声传来，太微弱了，但奇怪的是路易莎停住不说了。希娃小姐说："进来吧。"门开了，瑞秋·特勒赫恩穿着她那件彩色的晨衣出现在门口。

瑞秋站在那里，严肃地看着他们。当路易莎站起身的时候，她关门走了进来。

"发生了什么事？"她用一种冷静而平淡的声音说。

路易莎开始抽泣。

"这么晚了，你怎么不去睡觉？如果你听她说，你只会听到她对我的诽谤。你打算站在这里听一个陌生人对我的诽谤吗？二十年来，我对你忠心耿耿啊！"

"这是什么意思？"瑞秋望着希娃小姐问道。

希娃小姐回答说。

"你确实应该躺在床上睡觉。你回屋睡觉吧，明天早上我给你解释，好吗？"

瑞秋摇了摇头。

"太晚了。有件事我想跟你说，但是没关系。你现在就解释，好吗？"

希娃小姐亲切地看着她。

"本想明天告诉你，但我知道你等不了。请坐吧，我尽量长话短说，但我觉得有必要解释一下。"

"你要听她的胡说八道吗？"路易莎说。

瑞秋把她的手放在椅背上。

"我当然要听。"她说，"请你不要插话，路易莎。"她裹紧膝毯坐了下来，"希娃小姐，请讲吧。"

希娃小姐也坐了下来。路易莎伸手抓住了床头的黄铜栏杆，在瑞秋身后面对着希娃小姐，她用愤怒的眼睛瞪着希娃小姐。

希娃小姐双手合拢放在膝上，镇静地对瑞秋说：

"特勒赫恩小姐，当你到伦敦来见我的时候，从你告诉我的情况来看，我得到了非常明确的印象。我知道你确信自己是三次谋杀的受害者，但从你提供的证据来看，我并不完全接受这种观点。我认为这不一定是谋杀未遂，而是在你的家庭中，有一个神经质的人希望让你相信自己处于危险之中，或者更确切地说，是一个'自我表现主义者'，这是现在的说法，过去被称为炫耀。"

"上帝作证！"路易莎·巴尼特的声音因激动而颤抖。

瑞秋举手示意她住嘴，没有回头看她。

"路易莎，如果你想留下来，必须保持安静。"

希娃小姐继续说下去，仿佛没有被中断过一样。

"正是第二次事件让我怀疑我们当中有一个神经质的人要对付。我不知道为什么神经质的人点燃窗帘，但这是经常发生的事情。这样放火既满足了表现欲，又几乎没有什么害处。当我从路易莎口中得知火灾发生的时候，任何一个家庭成员都会知道，并且理应由你的女仆发现，因为她必须帮你穿好吃晚餐的衣服——如果我需要你说服我，当时就被说服了。但我已经下定了决心。来到这里之后，我发现路易莎·巴尼特正是我找到的那种类型。"

路易莎的手挥舞动起来。

"瑞秋小姐，你还要听下去吗？"

"我想我们都要听。"瑞秋说。

希娃小姐继续说。

"瑞秋小姐，从你那里出来之后，我去了路易莎·巴尼特的房间，在那里，我找到了两件我希望找到的东西。其中的一件是一个捕虾网。"

瑞秋的脸变得惨白，没有一丝血色。她伸出一只手，好像是要避开什么东西似的，低声说：

"哦，不，不是路易！"

"瑞秋小姐——就是路易莎·巴尼特把蛇放在了你的床上。"

瑞秋挪开椅子站了起来，这样她就可以看到路易莎的脸。她说：

"是你吗，路易？"

路易莎走上前来，跪在她的面前。

"我不是想害你——哦，我亲爱的，不是这样的！他们会让你觉得我想害你，但事实并非如此。不，你不能听信谗言，因为你知道我的心。你知道，我亲爱的，你知道！"

"路易，你为什么要这么做？"

路易莎跪在地上，泪水从她的脸上流下来。

"你什么也听不进去，你什么也不相信。我是没有办法啊！"

"所以你把蝰蛇放在了我的床上。路易，坐这儿来！"她转身对希娃说道，"她也做了其他的事情吗？"

"是的，瑞秋小姐，但我想她不是有意伤害你。她是想让你害怕你的亲戚，让你相信他们在企图伤害你。开始时她给你写匿名信，然后她把楼梯弄得很滑，但是她警告你不要踏上楼梯。她把窗帘点燃，但她又把火扑灭了。她让你相信你的巧克力有毒，但我想只有氨化奎宁，我在脸盆架上找到了瓶子。很遗憾，你没有把巧克力拿去化验分析，当然，她肯定你不会这么做的。"

"氨化奎宁——这是你发现的第二种东西吗？"

"是的，瑞秋小姐。我预料到了。它的味道很苦，但无害。路易莎不希望毒害你的身体，她只是想改变你对亲戚的看法。我认为主要是针对卡洛琳小姐，她嫉妒她。"

片刻的沉默之后，瑞秋用幽灵般的声音说：

"哦，路易！"

路易莎站了起来。她的眼泪哭干了，眼睛也哭红了。她站了起来，显得高大威猛，一下子主宰了房间。她一字一顿、冷冷地说道："你还没有问我这是不是真的。"

"是真的吗，路易？"

她抬起头来。

"我要告诉你真相。"她转过身，好像在找什么东西，她拿起床头柜上的老式《圣经》，"我要告诉你真相，整个真相。所以请求上帝帮助我，我拿着这个女人的《圣经》发誓。但是你不会相信我，你的耳朵里全是她的胡说八道。"

"这些是胡说八道吗，路易？"

"任何人说我伤害了你就是胡说八道！我一直在保护你，但你不相信我。"

"路易，告诉我，你做了什么，为什么那样做。"

路易莎又坐到床边，手里握着《圣经》说道：

"如果她能明察秋毫，那么她就会知道我说的是真话。我听说过有这样的人，但她没有这种能力。如果她很聪明，能把每个人都看透，那她为什么不告诉你在这个家里，是谁在捣鬼呢？这就是我要告诉你们的，这是真的。我给楼梯打蜡之前，已经有人打过了，不是那天打的，而是星期天的晚上。人人知道瑞秋小姐回来得晚，并且知道她吃晚饭一定会迟到的。所以他们都在等着瑞秋小姐匆忙下来，他们知道瑞秋不好意思让大家久等。其中一个人知道，她匆匆下楼的时候肯定会跌倒，因为台阶打得像玻璃一样光滑了。但是，瑞秋小姐，你让我下楼去告诉他们不要等你了，我走得不快，所以我才能抓住楼梯扶手救了我自己。我不声不响地用热水洗掉了蜡，因为说也没有用。但是到了晚上，我想指给你看。我想如果你亲眼看见，也许你会相信我，所以到了下个星期六，你给闹闹洗澡的时候，我给三节楼梯打了蜡，但是你没有注意。就像她说的那样，烧窗帘、巧克力里放氨化奎宁和床上放蛇，都是我干的。亲爱的，但你千万别以为我是让你睡到那张床上。在冬天，蝰蛇都是僵化迟钝的，我估计它们会在热水瓶跟前取暖。我要做的就是把床翻过来，发现有什么东西。然后我尖叫一声，就像我做的那样，把床拆开。但是我吓坏了，因为我没有想到它们会那么活泼。一定是热的。当我买它们的时候，它们就像死了一样。"

瑞秋把头靠在她的手上。

"聪明的闹闹杀死了它们，我好心地把它们投进火炉。我想现在你会相信有人在跟你玩恶作剧。"

"而且一直都是你！只有你，路易！"

路易莎向前倾了倾，抓住了《圣经》。

"亲爱的，你不会相信！"她转向了希娃小姐，"你能让她相信吗？如果你不能明辨是非，你是干什么吃的呢？我在告诉你真相。我不想对那些巧克力做手脚，从来没有这样的想法。但当瑞秋小姐在洗澡的时候，我进去看到了巧克力。软的单独放在一个袋儿里，我想把它们放在盒子里。快装完的时候，其中一个滚落到地上，这时，巧克力都掺和在一起了。我没有多想，就把它直接扔在火炉里，然后我想这是放弃了让瑞秋小姐相信的机会。所以我看看这是不是唯一的一个，确实如此。我快速仔细地找，但再也没有了。然后我想怎么办呢？于是，就像她说的那样，用氨化奎宁水顶替了。"

希娃小姐的眼睛变得异常亮。

"其中一块巧克力被动过手脚？你很确定吗？"

大胆的黑眼睛与她的目光相遇，她失去了反抗。

"我肯定，"路易莎说，"当然肯定，我对《圣经》发誓要讲真话。我想说的是，如果这本书里有瘟疫的话，那么瘟疫带来了犹大这个叛徒。如果我有所隐瞒，或者添枝加叶，我不得好死。"

瑞秋看了她一眼，目光又移向了别处。她抬起头，用低沉而坚定的声音说："是谁把我推下悬崖的？"

第十九章
噩梦

路易莎把《圣经》放到床头柜上，把手放在瑞秋的肩膀上。

"亲爱的，你觉得是我把你推了下去的吗？"声音低沉而柔和，就像跟孩子说话一样。

瑞秋上下打量着她说道：

"不，路易，你是爱我的。"停顿了一下又说，"但确实有人推了我。"

"我想你现在应该上床睡觉了，"希娃说，"明天早上我们再谈吧。"

瑞秋疲惫不堪地站了起来。

"是的，我的脑子很乱，今晚不能再谈这件事了。路易，我不能和你谈了。你回屋里睡觉吧。"

"瑞秋小姐……"

"今晚不谈了，你走吧。"

她在门口转过身来，因为希娃小姐叫住了她。

"瑞秋小姐，我不留你，但今晚你和我换下房间，好吗？"

瑞秋微微笑了。

"不，我不会那样做的。"

"那么，你把门锁上，好吗？我说的是走廊上那两扇门和起居室的过门。"

"我会的。"

"你的小狗睡在你的房间里吗？如果有人进来，它会叫吗？"

"是的，我想它会的。那天晚上埃拉·康普顿一探进头来，它就'汪汪汪'叫。"

"她为什么要那样做？"

"她问我有没有阿司匹林。"

"你有吗？"

"没有。我从不吃那东西，她本应该知道的。"

"这是什么时候的事？"

"大约两个星期前。所以我觉得闹闹的名字真是名副其实。"

回到自己的房间后，瑞秋心想，这是多么宁静啊。她进屋的时候，闹闹睁开了一只眼睛，但是它现在又睡着了。它的毯子被掀掉了，一只耳朵耷拉着。瑞秋把它扶直，它蹭了蹭她的手。瑞秋心想："当狗多么简单啊！你非常爱一个人，他也爱你。"

她脱下晨衣，关灯睡觉。她太累了，很快迷迷糊糊地睡着了。

深夜，她进入了浅睡状态，一个接一个地做梦。在一个梦里，她看到自己像一个囚犯穿越雪地。她的手铐和脚镣都是用很重的金子做成的，她觉得自己非常孤独。然后，盖尔·布兰登坐着雪橇冲过雪地，他的惯性冲击力把她撞到了。他的胳膊温暖而强壮。

然后她拼命地跑，试图逃离一种她看不见的东西。她一直跑到了银河系，星星在她的眼前闪过，使她目眩，随后它们变成了汽车的前灯，银河变成了水泥路。有人在她耳边吹响了号角，她再次开始奔跑。盖尔·布兰登说："你现在很安全。"但她找不到他了，因为所有的灯都熄灭了。希娃小姐说："简单的信仰比诺曼人的血液更不寻常。"这时，路易莎的哭声传来，仿佛她的心都碎了。她的抽泣变成了波涛的声音。瑞秋再次挂在悬崖上，但现在是白天。只要她一抬头，她就会看到是谁推的她。但她无法抬起头来。她不得不低头看着正在等待她的岩石。她听到盖尔·布兰登叫她的名字，她醒了。

天还没有亮，炉火灭了，房间里没有灯光。但是她好像听到了一个声音。她认为有一个人在她的门外，一只耳朵贴在门板上，一只手搭在门闩上。闹闹的篮子吱吱嘎嘎作响。她听见它在动，站起来，走过地板。然后她听到闹闹在喉咙里微弱的叫声。她叫它，它跑过来，跳到床上，在鸭绒被上欢快地跳着。瑞秋把它留在了床上。

她很快又睡着了。

路易莎神情沮丧地端来了茶。瑞秋的心沉了下去，但多年的实践中，她学到了一些技巧。她设法推迟了即将到来的场面。

接下来发生的事情令人愉快。床边的电话响了，盖尔·布兰登问她早安，还问她感觉怎么样了。

"浑身僵硬。"瑞秋说。

"你起床了吗？"他急切地问。

"还没有，马上起床。"

"如果允许的话，我想过去看看你。"

"当然可以。我还没有感谢你的救命之恩呢。"

"还说感谢呀？"

"但我确实是这样想的。"

"我的意思是，你不用感谢我。好吧，我一会儿去看你。十一点太早了吧？好的，十一点半到。"然后挂断了电话。

她正要挂上听筒，这时，传来了轻轻的敲门声。卡洛琳·庞森比穿着一件绿色的晨衣走进了房间。也许是这种颜色使她显得如此苍白。她靠在床脚，闹闹把它的鼻子从鸭绒被下伸了出来，并发出了欢迎的声音。

卡洛琳说："闹闹让你宠坏了！"并伸出一只手拉着它的耳朵。过了一会儿，她挺直身子审视着瑞秋。

"亲爱的，你还好吗？我在夜里为你担心。"

瑞秋心想："她看起来好像看到了鬼一样。怎么回事？"她说："夜里是你来我的门前了吧？"

卡洛琳的脸红了。

"我来过一次，那时天快亮了。你听见我了吗？我不是有意吵醒你，我睡不着。"

瑞秋伸出手来。

"过来，告诉我你为什么睡不着。"

但是卡洛琳站在原地不动。

"你跌倒了，我感到恐惧。我害怕睡觉。我怕做噩梦。"她假装笑了起来，"我不想给梦机会。你还好吧？"

"很好。"

卡洛琳张开嘴，好像要说什么，但没有说出来，然后泪眼汪汪地跑出了房间。

第二十章
激烈辩论

两害相权取其轻。瑞秋决定到楼下吃早饭。如果她与家人共进早餐，她可以一次性回答他们所有的问题。而待在楼上，欧内斯特、梅布尔、伊莉莎、科兹莫和理查德都会来问同样的问题，她就要一一回答。她在脸颊上涂了一点脂粉，尽量表现出最好的一面。

不出所料，每个人都问了很多问题。欧内斯特·瓦德洛认为，当务之急是把她跌倒的地方建好。他用勺子和叉子代表悬崖边缘，用早餐杯代表保姆的小屋，用一堆糖来模拟破碎的护墙。

"如果你从这里出来，你就会在门口打开手电筒——我想你打开了吧？"

"电池没电了。"瑞秋说。

埃拉·康普顿咳嗽了一声。

"瑞秋，走那么危险的路之前，你应该换上新电池。"

欧内斯特把注意力转移到埃拉身上。

"我觉得那段路也没什么危险——尤其有了好手电筒。"

"但那不是好手电筒，说什么我也不敢走那条路，欧内斯特。"

梅布尔·瓦德洛烦躁地说："我无法想象，你为什么不让汽车去接你。先接希娃小姐，再接你。"

瑞秋觉得脸颊发热。

她说："但是我喜欢散步。"其实他们哪里知道，她之所以喜欢散步，那是因为盖尔·布兰登时常陪伴她。

"没有好电池？！"欧内斯特说，"你的意思是说电池亏电了吗？"

"几乎没电了。"

理查德从《每日邮报》的上方注视着。

"但我昨天早上给你放的新电池啊。"

瑞秋说："是的。"

科兹莫·弗里斯放低时报，不动声色地观察着。

"亲爱的，你是不是拿错了手电筒呢？"

家庭特有的争论在继续。电池成了一场激烈辩论的主题，最终达到了高潮：科兹莫大笑，并宣称罪犯应该允许提供与自己有力的证据。他走出大厅去找手电筒，不一会儿，拿着手电筒一开一闭地回来了。

"我亲爱的，没什么毛病。你跌倒时，肯定是没有使用这个好东西。当然，白天不好分辨，但电池似乎很好。我要到碗橱里试一试。"

过了一会儿，他从半封闭的门后面叫道：

"理查德，过来看看！瑞秋，我想让你看一看。我发誓电池没问题。"

瑞秋看了看，看到了一束明亮的光束。希娃从她的肩膀上也看到了。

"我亲爱的，没毛病吧？"

瑞秋用一种迷惑的声音说："这个不像昨天晚上的那个。"

她从橱门退了回来，回到了她自己的位置，欧内斯特立即奔向了她。

"现在让我们假设你已经走到了这里——第一堆糖代表护墙的开始处——你又走了多远跌倒的？糖堆之间的距离是一码。"

"我真的不知道，欧内斯特。"

他从弧形夹鼻眼镜上方责备地凝视着她。

"可是，亲爱的瑞秋，你一定记个大概吧？我不要求绝对准确，我们不是在法庭上，但是你肯定能说个大概位置吧？"

"我不知道该说什么，欧内斯特。我真的不愿意继续思考这个问题了。"

"也不想谈论它，对吧？"科兹莫·弗里斯说，"我亲爱的，别提它了。你大难不死，我们谢天谢地。"

埃拉·康普顿把她的椅子向后推了推。

"我看你们这是大惊小怪。那天我也摔了一跤，也没人当回事啊。我不知道大家要做什么，但是我要写封信，然后再去散散步。

卡洛琳，你最需要新鲜空气和锻炼。"

"卡洛琳跟我一起去雷德灵顿吧。"理查德说。

但是，如果说卡洛琳的脸上出现了宽慰的话，那就没有感激之情了。对理查德在她无助时的出手相救她很感激，但这种感激隐藏在她的眼睛更深处。

理查德和卡洛琳一起走出餐厅时，他跟她聊了几句。

"你不用来，但我不会担心你的。"

她很快地呼吸了一下。

"不是，我要收拾行李。"

她朝楼梯走去，但他赶上了她。

"你是什么意思？收拾行李？"

她抓住楼梯扶手，半侧身对着他了。

"我想我得走了。"

"你是什么意思？你不必走，还是我走吧。"

她伤心地说"不"，然后丢下他跑上楼去。

见过女管家之后，瑞秋走上楼来，发现理查德在她的起居室。当她进来时，他从窗口转过身来，突然问道：

"为什么卡洛琳要走了？"

瑞秋感到一阵难受。这种难受似乎是从理查德身上传导过来的。她的心被揪住了。她快速说道：

"但我不知道她要走啊，你们吵架了吗？"

他的脸色很苍白。

"听着，瑞秋。你一定知道我对卡洛琳有什么感觉，大家都知道。我从来没有想过要隐藏。她就是我的一切。我只是在等适当的时机……"

"我知道。怎么了？"

"我不知道，我告诉你我不知道。昨天茶后，我向她求婚。我们在悬崖小径上散步，当时已经黑了。我本不想说的，但我不知怎么鬼使神差地跟她说了，却遭到了拒绝。"

"理查德！"

"倒霉！我不知道为什么选择了那样一个鬼地方，我看不见她的脸，猜不透她的心思，她好像冻结了一样。当我想抱住她的时候，她就跑开了。我跟你说，我不知道她是怎么回事。今天早上她就告诉我她要收拾行李了。"

瑞秋抓住了他的胳膊。

"等一下，我想问你点事。你说你在悬崖小径，你们什么时候在那里，在小径的哪个地段？"

他不耐烦地说："我不知道！这有关系吗？我们大约六点钟到家的。我们去的时候走的上路，卡洛琳离开我之后，我是沿悬崖小径回来的，刚好没有碰上你。"

他觉得她的手抓得更紧了。

"你遇见什么人了吗？"

"没有，怎么了？"

"你肯定昨天给我的手电筒里换上了新电池吗？"

"很确定。瑞秋，问这些干吗？"

她用低沉、镇定的声音说："理查德……"就在这时，门开了，希娃小姐走进了房间。她面带微笑，头略微偏向一边。

"我真的不愿意打扰你们，但是你们聊了一刻钟了，整整一刻钟。我的表很准，我父母送我的二十一岁生日礼物，从来没有出过毛病——那时表很便宜。天啊！这是多么迷人的房间，多么令人愉快的景色啊！这让我想起了在皇家艺术院见到的一张照片——哦，那是二十年前的事了。海岬、岩石，以及大海特有的绿灰色的颜色——"

当她踮起脚尖看窗外近处时，理查转过脸去，压抑着愤怒注视着瑞秋，似乎在问："她会留下来吗？"

瑞秋眨了眨眼，似乎在说："是的。"

她和他一起走到门口，捏了捏他的胳膊。

"我会尽力不让她走。"她低声说。

他们俩都朝卡洛琳的门望去。

理查德用一种压抑的声音说："谢谢。"然后就离开了。

瑞秋回到了起居室，关上了门。

第二十一章
不在场证明

扫码听本章节
英文原版朗读音频

希娃小姐从欣赏景色中转过身来。她抬起手，噘嘴以示责备。“哦，天啊，天啊！太糟糕了，”她说，“糟透了，瑞秋小姐，如果不是我进来，哦，天啊！恐怕你的轻率会让你犯非常严重的错误。”

瑞秋有一种很奇怪的负罪感，感觉好气又好笑。

希娃小姐走到瑞秋近前。

“当我走进房间的时候，我知道你想说什么。你想说‘理查德，我不是跌下悬崖的，是有人推下去的’对不对？”

瑞秋的眼睛亮了一下。

“完全正确。但我为什么不能这样说呢？”

希娃小姐摇了摇头。

“太轻率了。但是，我们不再讨论这个问题了。我们坐下来好吗？"

坐下之后，她轻快地说道：

"我尽最大努力，验证了每个家庭成员昨天五点到五点五十分之间的行动。这个时间段涵盖了你外出的时间，对吧？"

"我是在五点前离开这里的——五点差十分吧。我在五点三刻跟奶奶告别，但之后她又留了我一会儿，我跌倒的时候应该在六点左右。"说到"跌倒"，她的声音降了下来。

希娃小姐点了点头。

"我把每个人的情况做了整理，你听听。"

她打开了一本闪亮的笔记本，以平淡的语调快速阅读起来：

"康普顿小姐：茶后有人看见她上楼去了——大概是五点十五分，七点半，艾薇给她送水时才再次出现，当时，她穿着晨衣。卡洛琳小姐和理查德先生五点钟一起出去的。理查德先生在六点十分的时候独自一人回来。当时，我本人刚刚到达，看见他进来了。似乎没有人知道卡洛琳小姐何时回来的。"

"你问过仆人们了吗？"瑞秋的语气里有些反感。

希娃小姐摇了摇头。

"那是没有必要的。路易莎向我提供了我自己观察不到的细节。这对她来说很容易。"

"你信任她吗？"瑞秋的语气里掺杂着一丝淡淡的苦涩。

"在这件事上，毫无疑问她是值得信任的，她知道守口如瓶。接着听我说。"

"弗里斯先生：茶后待在书房里。他有一组素描。五点半，女仆格拉迪斯听到铃声进去时，他似乎正在对它们进行整理分类。他写了一封信，有人出去时顺便邮走。她说他似乎正忙于作画，收音机开着。六点过十分我进入大厅时，收音机还开着。大约一分钟以后，弗里斯先生打开了书房，探头往走廊里看了看，见是一个陌生人又缩了回去。"

"瓦德洛夫妇：茶后五点一刻到七点半格拉迪斯给他们送热水之间没人看见过。当时，瓦德洛夫人躺在床上，瓦德洛先生在相邻的客厅里。共用门大开着，格拉迪斯经过梳洗台的时候看到了他。"

"至于家庭工作人员，我发现从五点半到六点过九分我到达这里，他们一直在仆役室听着来自卢森堡的无线广播节目，只有三个人除外。他们是格拉迪斯、路易莎和司机。格拉迪斯说，她在回应了书房的铃声之后，在五点半去了她自己的房间，她要补长袜，还要写一封信。她在屋里一直待到汽车来。司机在雷德灵顿接我。"

"路易莎对她自己的行踪是这样说的：她去外面遛狗，回来时费了半天劲才把闹闹弄进家。她说她出去了一刻钟。然后她穿上户外服装，点亮了畜舍的灯笼，她告诉我她更喜欢手电筒，沿悬崖小径去接你。据此可以推断出她离开家时应该是六点过六七分了，或许更晚些，不然，她就会遇见理查德先生。她到达你出事的地方需要多长时间？"

"大约十分钟。"

"这就是说她提着灯笼应该在六点二十分左右到达，时间上吻合吗？"

瑞秋说："我想是的。一切都发生得太突然，我七点差一刻回到了自己的房间。我知道时间，因为我当时看了看钟，不敢相信我的眼睛。跟奶奶道别似乎是几个小时前的事。"

希娃小姐点点头。

"我曾经遇到过一个非常聪明的人，他认为时间不存在。我听不懂他在说什么，但我很清楚他的意思。现在，瑞秋小姐，我们步入正题。从这些记录中，你觉得谁有可能把你推下悬崖——瓦德洛先生，还是瓦德洛夫人？"

瑞秋忍不住大笑起来。

"亲爱的希娃，如果我的姐姐梅布尔天黑后独自行走在悬崖小径上，她会吓死的。至于推我的人，我敢肯定那是一双强有力的手。"

希娃小姐笑了。

"我同意瓦德洛夫人不太可能害你，我只是在调查五点半到六点十分这段时间里人们的行踪。瓦德洛夫妇都没有任何有效的借口。也就是说，他们可以彼此开脱，但没有人能作证。其他不能提供不在现场证词的人是弗里斯先生、康普顿小姐、路易莎·巴尼特、格拉迪斯姑娘，最后，还有卡洛琳小姐和理查德先生。他们的确是一起离开的家，但他们各自回来的。我推断他们吵架了，但是我们没有办法知道他们在分开之前在一起待了多久，以及他们分手之后做了什么。这些人都是待在家里的人，但是还有一些人也需要调查。莫里斯·瓦德洛和他的妹妹切丽，昨天早饭后离开了温克丽弗悬崖庄园。对于他们之后的行踪我需要证据，无论他们单个回来还是一起回来，这都不难证明。从瓦德洛夫人那儿得知，切丽小姐似乎一直在忙于自己的事情，但这需要得到证实。接下来是盖尔·布兰登先生，但考虑到他吃力地把你拉上来这个事实，我们可以认定不是他把你推下去的。还有一个人的行踪无法证实，那就是你奶奶的侄女，年轻的艾伦。"

瑞秋忍不住笑了起来。

"艾伦！"

希娃小姐点了点头。

"是的，艾伦。我想多听一些关于她的事，但首先是动机的问题。你给奶奶零花钱吗？"

"是的，每周两英镑，还有那间小屋。"

"如果你死了，会发生什么？"

"只要她活着，她就会继续领取下去。"

"艾伦呢？"

瑞秋犹豫了。

"希娃小姐——这太荒谬了！"

希娃咳嗽了一声。

"肯定不正常。犯罪就是这样。但是你还没有回答我的问题。艾伦·卡普会因你的死而获利吗？"

瑞秋吃力地说："我给她留了一百英镑。"

"这件事她知道吗？"

"奶奶知道。她跟我说她担心艾伦的未来,所以我就告诉了她。"

"那么艾伦当然是知道的。并且她知道你什么时候去看望她姑姑，什么时候离开。"

"是的，但是我昨天晚上离开得很早。我通常待到六点以后。"

"真的吗？"希娃小姐说道，"那么，瑞秋小姐，我想艾伦必须说清她的行踪。这让我想到必须提醒你，瑞秋小姐，这已经不再是一个私人侦探能够处理的案件了。有人想要你的命，我必须提醒你应该报警。"

瑞秋站了起来。她的脸色苍白，眼睛明亮。

"不，我不会让警察介入的。"她说。

"瑞秋小姐，这次事件非常危险。如果没有布兰登先生出手相救，谋杀就成功了，我会在这里等待提供证据。我敦促你马上报警。"

瑞秋走到窗前，站在那里。

"我不会那样做。"沉默了片刻之后，她转过身来，"希娃小姐，我怎么能报警呢？别的不说，流言蜚语就受不了——先是在当地掀起轩然大波，然后传播到报纸上。想想那些大字标题都可怕！每个人都会被卷入其中，每个人的隐私都会被公布——切丽的调情——莫里斯对政治的痴迷——我们做过的任何一个愚蠢行为、债务，不管多么微不足道，多么不相关联都会被挖掘出来，成为小报上的丑闻。这一点你我都清楚，报警的结果就是这样。更糟的是，陈芝麻烂谷子都被翻腾出来，他们会逮捕路易斯，他们不得不这样做。因此，你应该明白我不能让警察介入。"

"瑞秋小姐……"

瑞秋的脸色不再苍白，而是变得通红。

"希娃小姐，我把话说在前头，如果警察介入，我就否认一切！我会说我是跌倒的。没有人知道我在说谎，除了那个推我的人之外。这种情形不可能出现吧？"

希娃小姐用一种沉思的语气说"不"。她稍微停顿了一下之后快速说道："那好吧，我已经尽了我的责任。为了保命，我强烈要求你立即废除现有的遗嘱，并制定一份新的遗嘱，其中的条款不能外露，之后宣布修订完毕。这样你的命就能保住，因为想害你的人知道难免被列入怀疑对象，所以，在新的遗嘱公布之前不会轻举妄动。"

"这是我去伦敦见你的时候说过的话。"

"我又说了一遍，这是个好建议。"

瑞秋穿过房间。当她走到卧室门口的时候，她斜靠在门上。好像她走不动了一样。她握着那转到一半的把手，深深地吸了口气，然后说道：

"我无法接受，我接受不了。我告诉你为什么。他们是我的亲人。他们是我的一切。其中一些人我非常喜爱。我不能为了救自己而怀疑他们。如果我接受你的忠告，亲情或信任将永远失去。我觉得我不能这样生活下去。我很想活下去，但代价太高了——我支付不起。我必须知道真相。我必须知道该信任谁、该爱谁，冒再大的风险我也要查明真相。"

她直起身子，可怜兮兮地望着希娃小姐。

"必须查明真相。"她说。

第二十二章
扑朔迷离

大约一刻钟以后，希娃小姐从她自己的房间里出来，走下楼梯。大厅里没有人，但就在她走到楼梯底部的时候，格拉迪斯从书房里走了出来。

"哦，小姐，"她说，"有电话找你，是伦敦打来的。"

希娃小姐并不着急。她说："哦，谢谢你。你带路好吗？"当她们来到书房的时候，她发现屋里没人，她以一个地道的退休家庭教师的口吻说道："通话不会超过三分钟，然后我想问你点事，请你去我房间里等我，好吗？"

通话整好持续了三分钟，希娃小姐的话简短而神秘。她说："请讲。"然后问道，"你挨个都问了吗？"最后说道，"好的，这正是我所期望的。谢谢你！再见。"然后她把听筒挂上，又上楼去了。

她发现格拉迪斯站在窗前，她是一个漂亮稳重的女孩。肤色亮丽，举止有些拘谨。她转过身来，用手指拨弄着她的围裙。

"楼上的房间归艾薇负责的。"

希娃小姐欣然一笑。

"她做得很好，但我想和你说话。经过瑞秋小姐允许，我问你一两个问题。昨天晚上，有人跟她玩了个愚蠢的把戏——很愚蠢、很吓人。我想知道你能不能帮我们找到那个人。"

"我，小姐？"

"是的，格拉迪斯。老实回答我，如果是你把弗里斯的信寄走的，没有人会责备你。"

格拉迪斯亮丽的面庞上出现了几处更显眼的阴影。

"哦，小姐！"

希娃小姐轻轻点了点头。

"是你寄走的，对吧？五点半的时候弗里斯按响书房的铃，交给你一封信，有人出去时顺便寄走。我推断你是这么想的：'我干吗不借机出去一趟呢？'是不是这样？"

"这有什么呢？"

"我敢说你溜出去碰上了你的朋友。"

格拉迪斯的脸色失去了光泽。

"我不知道谁在说瞎话，我敢肯定我没做坏事。"

"我敢肯定你没有做坏事。你知道吗？我要你帮我。瑞秋小姐想知道是谁在跟她玩这个把戏，我想既然你出去过，你可能会注意到周围有没有人。你出去的时候是几点？"

"弗里斯先生打电话时，已经是五点半了。我只是去拿了我的外套，然后从车库溜了出去，我不想让人看见我。并不是说有什么不好，但他们中的一些人总拿汤姆取笑我。"

"你出去了多久？"

"我进来的时候，车库的钟敲了六下。"

"你看见了谁，遇见了谁吗？"

"我去了邮箱那里，邮箱就在大门外面——呃，汤姆碰巧在那里，我们就聊了一会儿，然后他说他很忙，不能跟我一起来家里，然后骑摩托车走了。他在雷德灵顿的一个汽车修理厂工作。"

"格拉迪斯，悬崖小径从哪里下来？这是我想知道的。"

"其实小径就在大门外的大路下面，但是任何来家里的人都不会经过大路。他们会从悬崖小径下来，从车库上面的花园大门进入。"

希娃小姐说："我明白了。"然后又问道，"你还没告诉我你看见谁了吗？"

格拉迪斯低下头，抚弄着她的围裙。

"太黑了，看不见人。"

"可是你遇见什么人了吗？"

"没有。"

希娃小姐直视着她。

"你没看见任何人，也没遇见任何人，但那个人就在那里。"

"只有卡洛琳小姐。"

"她在做什么？"

"从悬崖小径上下来。"

"你跟她说话了吗？"

"没有。"

"那么你怎么知道那是卡洛琳小姐呢？"

格拉迪斯低头看着那双抚弄围裙的手。

"天很黑，你不能分辨那个人是谁，你不能确定那个人是卡洛琳小姐。"

格拉迪斯扬起头，她那含泪的眼睛里充满了愤怒。

"我能分辨得出，那就是卡洛琳小姐，因为我能听到她在说话。"

"说话？跟谁说话？"

"自言自语，没有别人——只有卡洛琳小姐。我本不想告诉任何人，但是她一直哭个不停，就像遇到了什么烦心的事。我听得真真切切，就像此时听你说话一样。没错，就是卡洛琳小姐。但她不会玩什么恶作剧的，因为一方面她太烦恼了，另一方面，大家都知道她对瑞秋敬重有加。"

"是的，是的，"希娃小姐说，"那你能告诉我卡洛琳小姐在说什么吗？"

格拉迪斯瞪大了眼睛。

"都是些不着边际的话，她心烦意乱。"

"我希望你能准确地告诉我你听到了什么。"

格拉迪斯抽动着鼻子。

"人心烦意乱的时候，他们说的话都没有经过思考——毫无意义，连她自己都不知道在说什么。"

"卡洛琳小姐可能和特勒赫恩小姐一样受到了惊吓。格拉迪斯，我们想查明真相，你能告诉我卡洛琳小姐说了什么吗？"

格拉迪斯又抽了抽鼻子。

"她哭得吓人。她就站在花园门的另一边稍里面一点，一边哭一边自言自语。我怕她看见，站在那里一动不动。我听她说的第一句话是：'我做不到——我做不到！'她哭得肝肠寸断，然后她又说，'我不能那样做！她对我们一直很好！'然后又说，'我不能那样做！'随后，她又从大门跑了出去，我就从车库那里回了家。"

希娃小姐脸上出现了迷惑不解的表情。

"你进来的时候已经是六点钟了吗？"

"不，不会超过五点五十分，或者五点四十五分。"

希娃小姐咳嗽了一下。

"但是你说，你进来的时候，车库的钟敲了六下。"

"哦，是的。但那钟快。巴洛喜欢这样。他说这跟闹钟一样好。"

"所以你只出去了一刻钟的时间吗？"

"是的，小姐。我走进我的房间，做了一些针线活，直到听到车回来了。"

"谢谢你，格拉迪斯，"希娃说。她走到门口打开了门："我想瑞秋小姐希望你守口如瓶。"

格拉迪斯最后一次抽动了一下鼻子。

"我不是多嘴的人。"她说。

第二十三章
遗产闹剧

"我不知道女孩们的前途会怎样。"梅布尔·瓦德洛抱怨道，"你没有女儿很幸运。不结婚吧，那是失败，结婚吧，又不知道她们的意中人是谁。他们整夜在外面跳舞，周末出去都不告诉你去哪里——唉，难怪我的身体这么差，都是欧内斯特气的。"

瓦德洛夫人斜倚在客厅的沙发上。莫德·希娃小姐坐在一把小扶手椅上，所在的角度很方便谈话和织毛衣。她对瓦德洛夫人的谈话表现出了尊重与关注。梅布尔很少遇到过谈得来的人。她觉得终于有人关注她的消化状态、前天晚上睡了几个小时，还是整夜没睡、她的心脏和脉搏、她对莫里斯和切丽的担心、切丽做事欠考虑惹人烦。

"我敢说我年轻的时候很安分，明目张胆与订了婚的男人交往这样的事情我是不会做的。但切丽不在乎，还要当伴娘呢。当然这是米尔德里德·罗斯请她做的，当时，她的表现还没有这么张扬。现在不知道他们还能不能结婚，因为他不可能爱上米尔德里德，更糟糕的是，切丽一点也不爱他——她自己说的。当今的女孩太直言不讳了。她们什么都敢说，对素不相识的人也是如此。切丽公开说她不喜欢鲍勃，而是喜欢他的钱，他那么富有，切丽说他肯定有钱，她不在乎如何得到它。希娃小姐，如果你是一个小女孩，听到这样的话会说什么呢？"

希娃小姐话到嘴边又咽了回去，她略显惊讶，似乎同情地说：

"哦，真的吗？"

梅布尔·瓦德洛认为这是一个最合适的回答。她的脸颊上现出异样的色彩，说话也有了异样的生气："当然，这并不全是她的错。在钱堆里长大，而那些钱又没有你的份，这谁受得了呢？"她放低声音，神神秘秘地说，"我父亲留下了最奇葩的遗嘱。我从不对别人说起，但我知道跟你说走不了嘴。你很难相信，我只是在结婚的时候得到了可怜的一点钱，从他的遗产中，我没有得到一分钱。你可能很惊讶。他把一切都留给了我妹妹瑞秋。她比我年轻啊，人们听到这事的时候都很惊讶，但不结婚的女人老的更快，是吧？你会想她不愿意承担管理这么多钱的责任，她当时没有把我的份额交给我，我认为这事让所有人都很惊讶。如果当时给了我，就免去了很多麻烦和焦虑，正如欧内斯特一直说的那样，钱财攒到死还是别人的。你看，她没有自己的孩子，即使她要结婚也不可能有孩子了，瑞秋已经三十八岁了。"

希娃小姐的针响了一下。

"我认识一个四十八岁的女人，她结婚了，生了一对双胞胎。"她用闲谈的口吻说道。

"不知道她是怎么做到的，"梅布尔·瓦德洛说，"太超乎寻常了。我们家里没有人生过双胞胎。干吗要孩子呢？我敢肯定，如果他们知道我整夜睡不着，担心莫里斯，他们就不会想要了。如果你只有一个男孩，别人劝你不要担心也没用。上次欧内斯特从图书馆借来的关于俄国的书太可怕了。什么卫生条件啊！我不知道他们怎么会出这样的书，当然，他们现在不介意出这样的书了，是吗？但在那之后，我整宿睡不着觉，欧内斯特坚持要我服用安眠粉。本来我什么都可以忍受，但我的脉搏跳得太快了，但是他坚持说这是灵丹妙药。你知道，我很谨慎，因为药吃没了，就没处买去了。药是绝顶聪明的莱维塔斯医生给我的，我们是在东欧旅行时相识的。当时我心脏病剧烈发作，是他给我看的病。他说他从来没有见过这么易发心脏病的人，他告诉欧内斯特我就不能焦虑，或者受到挫折，不能激动。但现在我们只剩下三四瓶安眠粉了，我们没有处方，所以我必须省着服用。当然，药力很持久，我一次只服用四分之一。"

梅布尔·瓦德洛继续谈论她的安眠粉、她的脉搏、夜间醒来时的感受、莱维塔斯医生对她身体状况的评价、她着急上火后果有多严重；莱维塔斯医生说她经济状况窘迫，而自己的妹妹只要开一张支票就解除困境，但却袖手旁观，这让人难以理喻。她唠唠叨叨说个不停，直到希娃小姐卷起毛衣站起身来。

"哦，我的毛线织完了，谢谢你跟我聊了这么长时间。我必须上楼再绕一绞线。"

但是她没有去自己的房间。而是敲响了瑞秋的门，发现她正在放下电话。

瑞秋转过身来，神情失落。

"盖尔·布兰登要来。我已经告诉他不要来。"

"你为什么要那样做？"希娃小姐说道。

"他很关心我，我从来没有受到过这样的关心。我不想失去他的关心，不想让他的关心和这一切搅在一起。我告诉他不要来。"

"你告诉他为什么了吗？"

瑞秋说："没有。"然后，就像一个孩子一样说道，"他生气了。"

希娃小姐说："我亲爱的，他会好的。"她的声音轻快亲切，"我想你是对的，目前，我真的不想布兰登先生来，尽管我们以后可能会欢迎他的到来。但是，现在我想和你谈谈。有些事情我认为你应该知道。让我们坐下来谈吧。"

瑞秋拿过一把椅子。

"当有人这么说的时候，总是意味着一些不愉快的事情。"她有些疲倦地说道。

"恐怕是这样。"希娃小姐说。

她穿着深褐色的裙子，厚厚的棕色长筒袜，有些寒酸的黑色皮鞋，皮鞋上有缎带蝴蝶结装饰。高挺的衣领被胸针卡紧，胸针的图案是蓝天下粉红色和黄色相间的神庙。她那凝视瑞秋的眼神里充满了智慧和善意。她说："我跟格拉迪斯谈过了，我认为家庭工作人员听收音机的时候，她不可能待在房间里补袜子。我一听说弗里斯先生给了她一封信让人顺便寄走，我就知道是格拉迪斯自己寄走的，此事已经得到了证实。"

"你真是神了。"

希娃小姐不以为然地咳嗽了一声。

"哦，亲爱的，不，不是我神了。但我要告诉你一些令你心烦的事情。在她回来的路上，她听到卡洛琳小姐在黑暗中哭泣，并自言自语。根据车库的钟声，当时是六点差一刻。卡洛琳小姐是从悬崖小径上下来走进大门的，情绪相当沮丧。格拉迪斯听见她说：'我不能那样做，我不能！'然后又说，'她一直对我们很好。'然后，她又跑到小径上去了，格拉迪斯走进了家。"

瑞秋僵硬的嘴唇笑了笑，她那颗收紧的心希望希娃小姐没有觉察到她的嘴唇有多僵硬。

"你不是想让我相信卡洛琳……卡洛琳把我推下悬崖的吧？"

"我不是要求你相信什么，我只是把格拉迪斯说的话告诉了你，因为我认为这是你应该知道的事情之一。"

"之一？"

"是的，还有别的事情。"

"继续说吧。"

"我也跟瓦德洛夫人谈过了，她谈了很多有关她女儿的事情。她说切丽为了钱不择手段，她给我描述了一个冷酷无情的年轻女人，这个女人想要的东西必须得到，无论那东西是不是属于她。我想问你，你对切丽看法是这样的吗？"

瑞秋的手举起来又放下。

"是的，切丽就是这样的。"

"瓦德洛太太也谈到了她的儿子。她似乎对你不愿意提供一笔钱让他留在英国很不满。我想问一下，莫里斯先生是否也有这种不满呢？"

瑞秋眼中闪烁着一缕苦涩。

"肯定的。我是一个邪恶的资本家，尽快撒手这笔邪恶资金才符合道德规范。我相信他会使用'清算'这个词汇。当然，我也应该被清算了。"她很快地呼吸了一下，然后她的手慢慢地伸向了自己的喉咙。

"我们不强调这一点，"希娃说，"但我想我们应该铭记在心的。关于康普顿小姐，我给你带来了相当不好的信息。我这里有你委托康普顿小姐对一些慈善机构的捐款明细，我通过助理进行了必要的调查，这些慈善机构都没有收到来自瑞秋·特勒赫恩的捐款。"

瑞秋把身体的重量压在椅子的扶手上，身子前倾。现在她最能感觉到就是重量。她双脚冰冷，沉重得像石头，四肢像灌了铅一样，悲伤欲绝。

"埃拉？"她说。

希娃小姐说："恐怕是的。她急切地让我捐款，这给我留下了不好的印象。贪婪是一种很难掩饰的品质。我看清了她的品质，这也说明了调查的明智性。"

"还有什么？"瑞秋说。

"可以说没有了。但是我认为你应该告诉你的家人，昨天晚上你遭到了残忍的谋杀。我希望你把他们都召集在一起，告诉他们到底发生了什么，我想到场。"

瑞秋的脸色变得极其苍白。

"刚才我就想告诉理查德，但你阻止了我。"

"当然，瑞秋小姐。他比别人先知道了不好。你以为他是无辜的，所以你想告诉他。现在我想严肃地跟你说，在这件事情上，你不能想当然地认为谁是无辜的。我不要让你认为某人有罪，但我请你在任何情况下都要采取同样的谨慎态度，就像你在对付一个你认为有罪的人一样。"

"但这可怕了！"

"谋杀本身就是可怕的。"希娃小姐说。

第二十四章
当面对质

　　全家人总算在客厅里聚齐了。外面的天色黑暗低沉，室内虽然炉火在燃烧，但气氛中却弥漫着寒意和不安。

　　理查德·特勒赫恩出现的时候人差不多都到了。他们在静默中等他，没有人愿意打破沉默，只有梅布尔除外。科兹莫·弗里斯拿起壁炉台上的时钟，说它需要调整，并忙于此事。

　　梅布尔抱怨说："科兹莫的手离不开时钟。我相信他每次走近自己的钟，都会给钟上弦。"莫德·希娃小姐说时钟应该一周上弦一次，其间不要动它。

　　梅布尔·瓦德洛仍然斜靠在垫子上，显然既不想动也不想说话，她欢迎希娃小姐的到来。但是希娃小姐入座前把椅子往后拉了拉，与沙发排成一排，这样，她就能看见坐在壁炉右边扶手椅上的康普顿小姐。此刻，弗里斯先生正站在壁炉前的地毯中央，手里拿着《时报》，瑞秋·特勒赫恩靠在左边的扶手椅上。

卡洛琳·庞森比拉过一个矮凳坐在瑞秋旁边。她身子前倾，一只胳膊肘挂在膝盖上，手托着下巴。她的脸色苍白，现在没有人会说她漂亮了。希娃小姐认为她已经到了临界爆发点，心想着到时候会发生什么。

理查德·特勒赫恩坐在瑞秋椅子的扶手上。希娃小姐看见他弯腰跟她耳语，她看到她摇了摇头。

卡洛琳看了看四周，然后继续凝视着火。

最后进来的是欧内斯特·瓦德洛，他把椅子拉到沙发旁边，倾身问他的妻子感觉如何，服药了没有。

希娃小姐咳嗽了一下，仿佛这是一个信号，瑞秋·特勒赫恩说话了。她转向理查德说：

"你找把椅子坐下，好吗？我有很严肃的事情要说。"

理查德没有动，但他确实吓了一跳。瑞秋的话倒是没什么，但她的声音和举止都很不自然，她显然是在给自己施加压力。也许此刻她的心里正想着希娃的话，也许她不再假设理查德是无辜的，而是担心他有罪。希娃小姐看见她膝盖上的那只手在抽搐，直到指关节变白。当理查德在壁炉另一边的椅子上坐下之后，她看到她的手放松了。

科兹莫翻页的声音传来，他心不在焉地说道："亲爱的，你知道吗？一件最不寻常的事情发生了，我的同学弗格森娶了一个明星。我从未听说过她，但他们称她为明星。这小子一定是昏了头了。对不起，雷切尔，你想说什么？"

"很严重的事？"欧内斯特·瓦德洛问道。他的头发很乱，从夹鼻眼镜的边上看着瑞秋。"但愿没什么事，就是说——没事。"他没有说完，声音越来越低了。

梅布尔双手撑起，离开垫子，激动地说：

"一定是莫里斯出事了，快告诉我，是出了什么事故吗？"

"这跟莫里斯没有关系。"瑞秋说话的同时打了个寒战，因为她不知道是不是莫里斯的手把她推下了悬崖。

梅布尔坐回垫子上，心仍在"扑通、扑通"地跳个不停，然后决定听听瑞秋到底要说些什么。

希娃小姐看了看埃拉·康普顿，发现她很紧张——是的，明显地紧张。她正在拾起一个小袋子，但没有抓住，最后摸索着拾起袋子。当她打开袋子的时候，里面所有的东西都滚落到她的怀里。她掏出手绢捂住鼻子。她的鼻子在抽动，手帕在抖动，手在颤抖。在希娃小姐的职业生涯中，她不止一次地想过负罪感一定让人很不舒服。

她望着理查德·特勒赫恩，理查德说："怎么了，瑞秋？但愿没什么严重的事情吧。"

"有。"瑞秋此时已经坐起来，双手握紧放在大腿之间，"我想，大家应该知道昨天发生了严重的事件，我想你们应该知道。"

莫得·希娃小姐看到了所有人的表情，只有卡洛琳除外，她正转过身去面向瑞秋，希娃小姐看不见。她看到科兹莫·弗里斯表现出来的是惊讶；理查德表现出的是严重关注；埃拉·康普顿表现出的是恐惧；欧内斯特·瓦德洛表现出的是习惯性的担心；

梅布尔·瓦德洛的表情既有焦急的询问，又有刚刚得到的宽慰，只要莫里斯不出事就好。

理查德又说话了："我们应该知道什么？"

瑞秋扫了一眼所有人，然后她说：

"我从保姆家回来的时候，出事了。我说我摔了一跤，那不是真的。我不是摔倒在小径上，而是摔在了悬崖上。我从悬崖上摔了下去，是被人推下去的。"

希娃小姐再一次观察大家的表情和手。

埃拉·康普顿说："怎么可能呢？"但她的手在颤抖；科兹莫·弗里斯捏紧报纸，一脸的惊愕；梅布尔和欧内斯特·瓦德洛也是惊讶不已。他们都尖叫一声，嘴也张开了；理查德·特勒赫恩突然动了一下，紧皱眉头说："瑞秋！上帝保佑，你说的是真的吗？"卡洛琳没有动，也没有说话，她死死地盯着瑞秋的脸，只有瑞秋自己才能看懂她的眼神。

瑞秋坚定地说："是的，我是认真的。有人在黑暗中出现在我身后，把我推下了悬崖。"

房间里的每个人都发出了唏嘘声，希娃本人则嘀咕道："天啊，我的天啊！"

"但是，亲爱的，"科兹莫·弗里斯说，他丢下报纸走上前来，"瑞秋，亲爱的，你说的不是真的吧！昨天你为什么不马上告诉我们？如果你是认真的，那么周围一定有疯子。亲爱的，报警吧。"

希娃小姐冷静而郑重地说道："也许报警了吧。瑞秋小姐，你报警了吗？"

瑞秋不满地看看她，说道："没有。"

"可是，亲爱的，"科兹莫说，"应该马上报警。把一切都告诉我，我来报警。"

瑞秋拦住了他。

"不，我不会报警的，"她停顿了一下，补充道，"这次不报警了。"

房间里有人意识到"这次不报警了"的意思，却没有人表现出来。

"你不告诉我们到底发生了什么事吗？"理查德·特勒赫恩说。

"都是胡说八道！"梅布尔抱怨地说，"如果你掉下悬崖，你为什么没有死？真是无稽之谈。"

欧内斯特把手放在她的胳膊上。

"梅布尔，不要激动。我想你不应该如此激动。但是你说的完全正确。"

埃拉·康普顿随声附和。

"肯定有些夸张。我相信你有几处瘀伤，但是我们无法相信你摔下悬崖，掉到岩石上，只受了这么点伤。"

瑞秋坐得挺直了一点。

"如果我摔在岩石上，你们此刻应该去验尸，而不是坐在这里说我在胡说八道了。"

科兹莫的手落在她的肩膀上。

"亲爱的，我想我们几乎不知道我们在谈什么，这太让人震惊了。就我本人来说，亲爱的，这个震惊太可怕了。"他的手压了一会儿，就收回去了。他拿出手帕，擦了擦鼻子："可以说，我都惊呆了。"

"瑞秋，请告诉我们到底发生了什么事。"理查德说。

她不带感情地对他们说："如果我摔在岩石上，就像我刚才说的那样，此刻，我就不应该在这里了。我没有摔在岩石上，我抓住了一丛灌木，灌木救了我。"

"天啊，"希娃小姐说，"太幸运了！"

埃拉·康普顿说："但你不可能是被推下去的。根本不可能。再说，谁会推你呢？"

欧内斯特·瓦德洛紧张地摘下眼镜又戴上，结果戴偏了。

"正如埃拉说的那样……"

"你又是怎么上来的呢？"梅布尔责问道。

卡洛琳向前倾身，抓住了瑞秋的裙角。他们听到她低语着什么，理查德认为她说的是"你不在这里吗？"

瑞秋挨个扫视了每一个人，然后说道："我敢肯定是有人推下去的。后来，当我悬在悬崖上的时候，推下我的人为了万无一失，还把石头滚下悬崖，石头擦身而过。我坚持到盖尔·布兰登的到来。他跑到奶奶的小屋，用她的床单搓成绳子，把我拽了上来。是他救了我的命。"

科兹莫又一次擦他的鼻子，然后把手帕塞回口袋里。

"我的天啊，我从来没有这样震惊过。请原谅——你一定知道我们有多担心你。有人竟敢谋害你，这太令人难以置信了。但我们必须面对现实，立即报警吧。"

"我对警察没什么可说的。"

"亲爱的，"希娃小姐说，"当然，我对这类事情一无所知，但你肯定知道是谁在谋害你。"说话的同时，她扫视了一下周围的人，神情既自然又好奇，"你一定知道，对吧？"

房间突然间寂静无声。各种细微的不引人注意的声音都消失了，剩下的只有紧张寂静的等待。

瑞秋用"不知道"打破了寂静，所有的声音又开始了。

埃拉·康普顿松开了椅子扶手，坐了下来；理查德匆忙站了起来；卡洛琳·庞森比揪住瑞秋裙脚的手松开了，倒在凳子一边，昏了过去。

第二十五章
性命之忧

"卡洛琳怎样了？"科兹莫·弗里斯问道。

瑞秋听到敲门声，来到起居室的门口。科兹莫·弗里斯站在门口，他看上去比任何时候都焦躁不安，平时的温和被沮丧所代替；他的声音犹豫不决。

"她好多了，她需要安静。我们让她躺下了，她真的不该说话了。"

瑞秋继续说着，其目的是让自己停止思考，不给他询问卡洛琳因何晕倒的机会。每个人都远离她，让她清静清静多好啊！

但是，科兹莫·弗里斯走进屋来，拉着她的胳膊，关上了门，然后让她在椅子上坐下，不无目的地也坐在一把椅子上。他的目的再清楚不过了——那就是谈话，那种最严肃认真的谈话。他一反常态，说道："亲爱的，我本不想打扰你，但听了你刚才讲的之后——我不会用我的感觉来让你担心，但有些事情我必须跟你说。"

瑞秋看了看他，心里有了一股暖意。她一直喜欢科兹莫，虽然她没有认真地接受他的求婚，但她对他的亲情毫不怀疑。此刻，见他对自己的危险处境如此担心，这确实或多或少融化了她心中的冰块。她被感动了，被融化了，她的眼睛向他表示感谢之意。

"都过去了，我们不去想它了吧。"

"可是，亲爱的，我们不能不想啊……你真的不报警吗？"

她点了点头。

"但是，亲爱的，为什么啊？我恳求你报警吧。"

她摇了摇头。

"不，科兹莫。"

"为什么？"

"我不能告诉你为什么。"

他将身子往前倾了倾："亲爱的，我还是告诉你吧，你说有人把你推下悬崖——怎么说呢——一有些人不相信啊。欧内斯特和梅布尔似乎认为，你是由于坠落造成的惊吓导致你以为是被人推下去的，埃拉也这样想。我离开的时候，他们正在谈论那些受到惊吓后产生幻觉和失忆的人。"

瑞秋的眼睛变得明亮起来。

"很抱歉让大家失望了，但我真的是被推下悬崖的。埃拉说的幻觉肯定是不存在的。盖尔·布兰登就是我的证人，可信的证人。"

科兹莫·弗里斯的眉拧在了一起。

"啊，他救了你的命。但他们质疑的不是你摔没摔倒，亲爱的。老实说，瑞秋，你绝对肯定你是被人推下去的吗？"

她用僵硬的嘴唇说"是"。然后她不再镇定了："你以为我想相信吗？如果我能让自己相信我是滑倒的，我谢天谢地呀。但是我不能，科兹莫，我不能啊。我是被推下去的，滚下的石头擦身而过，虽然我看不出是谁干的，但我感觉……我感觉……"她不再说下去。

科兹莫重复着最后一个词。

"你感觉？你有什么感觉？"

她用手捂住眼睛，低声说道："仇恨。有人想杀了我，非常想杀了我。"

他那震惊的声音使她恢复了自制力。

"瑞秋！亲爱的，你知道你在说什么吗？"

"知道。"

"那是一个认识你的人，你也认识他的人？"

"我想是的。我感到这种仇恨。你没有仇视的人，所以你不懂。"

"瑞秋！瑞秋！"他突然一跃而起，站了起来。

她经过她的面前，来到窗户前，站在那里，背对着她，他用一种震惊的声音说："怎么会有人仇视你呢？我不能相信。瑞秋，我简直不敢相信。"

"我也不敢相信，这就是最可怕的。我已经相信有人想杀了我。"

片刻的沉默之后，科兹莫转过身来。

"你的话当真吗？"

瑞秋说："这是真的。"

"那么，有些事情我应该告诉你。"

他又回到座位上："你知道，亲爱的，我不是一个好管闲事的人，我本不该说，因为毕竟这不是我的事情，你可能会以为——坦白地说，我不想干涉。"

瑞秋从她手里抬起头来。

"你想说什么，科兹莫？"

他那和蔼可亲的举止不见了。她从未见过他如此痛苦的表情，表情里不仅仅有痛苦，更有尴尬。

"科兹莫，什么事？"

他犹豫了一下，然后吃力地说："亲爱的，你千万不要生我的气。布兰登这个家伙——如果说有人把你推下悬崖，我看只有他有这样的机会。"

"科兹莫！"

"瑞秋，你听我说，听完之后对我生气也不晚。那个家伙知道你昨天下午要去看保姆吗？"

"是的，他知道。"

"知道你会走悬崖小径吗？"

她沉默了。

"瑞秋，他知道吗？"

她说："知道。"

"他知道。于是，他开车去了小屋。路易莎说他的车在那儿，他开车送你回了家。"

瑞秋打断了他的话。

"这是无稽之谈，盖尔·布兰登救了我的命。"

他同情地看着她。

"你不太了解他，是吧？你认识他的时间还不长，你确定知道他的真实姓名吗？"

"他的名字是布兰登。"

"或者布伦特。"科兹莫·弗里斯说。闻听此言，瑞秋凝视着他："你的父亲有一个生意伙伴叫布伦特，不是吗？"

"科兹莫！"

"我舅舅死后，你一直在努力寻找这个昔日的生意伙伴或者他的儿子，对吧？他父亲的名字是斯特林·布伦特。他的父亲跟你父亲合伙做生意的时候，他还是个五六岁的孩子。我相信大家都叫他桑尼，但他的名字是盖尔·布伦特——盖尔·布伦特——盖尔·布兰登。"

"你怎么知道？"瑞秋说，"父亲寻找过布伦特一家，我也在找。我们得知斯特林·布伦特已经死了，但是我们继续寻找那个孩子。你怎么知道他的名字叫盖尔？因为这是难题之一——没有人知道他的名字。我的父亲、奶奶、梅布尔他们只知道他叫桑尼。你根本不认识他。你为什么说他的名字叫盖尔？"

她的脸色红一阵，白一阵，明亮的眼睛显得焦躁不安。

科兹莫点了点头。

"这似乎有些奇怪，但是奇怪的事情时有发生，亲爱的。我来告诉你这是怎么回事。就在一两个月前，我正在翻腾一个旧箱子，这箱子有一年没打开过了，里面有一摞你母亲写给我母亲的信。你知道她们的感情很好。我正要把那些信件付之一炬——保留旧信件没什么用处——突然，我看到我自己的名字。我不由自主地想知道埃米莉说了我什么。信中说：'布伦特先生的小男孩和我们住在一起。他们称他为桑尼，我认为这样叫不太好，因为叫习惯了就改不过来了。他自己的名字是盖尔，这是个不落俗套、很好听的名字。他的年龄和你的科兹莫一般大，身高也差不多。'我亲爱的，现在你相信了吗？"

"这封信你保留了吗？"

他摇了摇头。

"没有保留，但信中就是这样说的，根据这封信，你应该相信盖尔·布兰登就是盖尔·布伦特，奶奶发誓说他就是盖尔·布伦特。"

"奶奶？"瑞秋真的很吃惊。

"哦，他曾经去见过她一两次，想知道你什么时候去奶奶家，你要待多久，她说她敢发誓他就是盖尔·布伦特。确实这很容易得到证实，因为他父亲给他文了身——名字或者名字的首字母，具体位置我不确定，在前臂的某个位置。"

瑞秋瘫坐在椅子上，她说："看来你从奶奶那里了解了很多情况啊。"

"你生气了？"科兹莫伤心地说，"但没有关系，想生气你就生吧。只是，亲爱的，你没必要生气呀，因为这些都是我们谈话的时候无意间说出来的。你知道奶奶絮絮叨叨，陈芝麻烂谷子什么的都聊。我本想告诉你，但转念一想："如果你不想让她以为你多管闲事的话，还是别告诉了。"可是现在，我的天啊，你有性命之忧，我必须讲出来，你必须听我说。你父亲与斯特林吵架之后，从他们合伙经营的企业中赚了一大笔钱，而他没有得到他那份利润，因此，他肯定怀恨在心，也许把这仇恨传递给了他的儿子，难道你不认为有这个可能吗？你说你意识到了对你的刻骨仇恨，我能想象得出如果盖尔·布伦特认为你父亲毁了他父亲，那么，他很可能对你恨之入骨。"

瑞秋说："他不恨我。"

"他这样跟你说过吗？你相信他吗？你听我说，亲爱的。谁知道你要去了保姆家？你什么时候会离开？当你跌倒的时候，谁在悬崖小径上？"

瑞秋的眼睛突然一亮。

"盖尔·布兰登。是他把我推下去的吗？到目前为止，我不能相信，你说他为什么又把我拉上来呢？"

科兹莫举手表示反对。

"哦，亲爱的，你找不到答案吗？我找到了。你掉下了悬崖，但你并没有掉到悬崖底。你还活着，对他仍有潜在的危险。他从毁坏的护墙上拆下石头滚下悬崖，试图把你砸下去，但天太黑，他看不见你的具体位置，就在这时，也许什么惊扰了他——脚步声或者灯光。他可能看见了路易莎的灯笼。她说她曾站在小径的上方找寻你，他可能看见了她。他可能……我也说不好，但我想他可能恢复了理智。你知道，仇恨导致不理智的行为。它让一个人的心理失去平衡，于是他做了坏事，然后……我亲爱的，我也说不好，但也许路易莎的灯笼制止了他的疯狂行为。他开始意识到自己在做的事情，他开始思考。人人都可能看到他的车停在小屋外。如果你说被人推下悬崖，他一定是被怀疑的对象。他该怎么办呢？首先找到你，全力营救你，这样就没有人怀疑他了。"

瑞秋感到一种冰冷的恐惧，这种恐惧渗入了她的心灵，她麻木了。在她想到的所有可怕事情当中，她都用一种可怕的方式使其变得习以为常了，新情况的出现压倒了原来所有的可怕事情，后来她想想怎么会想到"压倒"这个词呢？她心如刀绞，她感觉好像有一只手捏住了她的心脏。

她不知道此时她脸色惨白。但科兹莫吓得不轻，他走到她身边，俯下身来，一只手放在她的肩膀上。然后跪在椅子旁边。

"亲爱的，亲爱的瑞秋，不要这样！他骗你太多，知道真相受不了吗？你认识他没几个星期，我却一生都爱着你。我经常跟你这样说，也许你都听腻了。这是忠实情人示爱的方式，我一直在你左右，人人都知道我的心思。亲爱的，现在，我终于有机会为你效劳了，你不会拒绝我吧？信任我吧，我会帮你走出困境。我们俩在一起可以做出了不起的事情，我们还可以一起去旅游。忘了我是你的表兄，或者只记得我爱你有多久了，现在我是你的爱人，永远的爱人。如果你愿意，我会教你——哦，亲爱的，我知道我可以教你爱上我。"

瑞秋非常感动。他不再只是有亲人关系的科兹莫。以前，她从来没有见过他表现出如此的温暖和情感。她认为这种温暖和情感是在她危难时刻激发出来的，这激起了她的情愫。长时间的紧张，迫在眉睫的恐怖，不可避免的猜疑带来的心灰意冷，这种亲情、友善和保护让她感激涕零。如果没有盖尔·布兰登，此刻，他梦寐以求的愿望很可能得以实现。即使是在二十四小时之前，他也有机会赢得她的芳心，但时过境迁，覆水难收了。

瑞秋靠在他的手臂上休息了一会儿。然后抽出身来，亲切地说："哦，亲爱的科兹莫，我没想到你这么在乎我，但是……"她感到他听到"但是"这个字的时候，他的胳膊抽动了一下。

"瑞秋！"

"哦，亲爱的科兹莫，我不能接受啊。那样不好，你一直像我的亲哥哥——我无法以别的方式接受你。"

他缩回手站起来，走开了。

"没有缓和的余地吗？"

"恐怕没有。"

接下来是可怕的紧张气氛。这时电话铃响了。听到电话铃声，瑞秋从来没有这么高兴过。她走到写字台前拿起听筒，科兹莫在她身旁停了一会儿，手放在她的胳膊上，低声说道："没关系，亲爱的。"

她感觉到他的嘴唇吻了吻她的手腕。然后他迅速离开了房间，关上了门。

带着忧伤和解脱的心情，瑞秋开始接听银行经理的电话。

第二十六章
我不能说

　　希娃小姐从她的房间里走出来，在卡洛琳·庞森比的门前停住了。她无声地转动门把手，意识到屋里拉着窗帘，昏暗寂静。这跟她的预期是一样的。她把门推开一两英寸，希望听到缓慢而有节奏的呼吸声。但是一种完全不同的声音打破了寂静。希娃小姐抓紧旋钮，因为她听到理查德·特勒赫恩痛苦地说道："卡洛琳！卡洛琳！卡洛琳！"

　　希娃小姐原地站了一会儿。然后把门推开一点，环顾房间里的情况。卡洛琳躺在床上，脸的一半埋在枕头里，而理查德则跪在她的身旁，双手捂着脸，唉声叹气。

　　作为一个淑女，偷听的想法让希娃感到非常厌恶；作为一个正在侦办谋杀未遂案件的侦探，她以典型的坚定态度对待她良心上的不安。她听到卡洛琳撕心裂肺般的哭泣，她希望听到一些更清晰的声音。

她的希望实现了。理查德的头突然抬了起来。

"哦，我亲爱的，不要这样！你在揪扯我的心啊，我受不了了。你不理我，你拒绝我，你像看陌生人那样看着我，你昏了过去，却不肯告诉我为什么。你觉得跟我掩饰有用吗？哦，亲爱的，你知道没有用。到底怎么回事啊？你必须告诉我。你不能这样继续下去了。你痛不欲生，但你却不肯说出为什么。"

卡洛琳对着枕头，用低沉的声音说道："我不能说，我不能说出为什么，没必要——你知道的。"

"我知道？"

"你知道——我也知道，我不能说了。"她突然抬起头来。

"理查德，请你马上离开，再也别回来，好吗？你发誓再也不回来，好吗？"

"卡洛琳！"

她抓住他的手腕，把他拉了起来。

"你必须离开！我告诉你我知道。你必须离开。我太难受了。"

"卡洛琳！"

她把挡住眼睛的头发往后拢了拢，目光从他的肩膀上凝视着，她看见希娃小姐在门口往里张望。用网子罩住的头缩回得不够及时。这时，谨慎的敲门声响起。

当希娃小姐进来时，卡洛琳的脸又藏了起来。理查德·特勒赫恩先生站了起来。如果有人感到尴尬，那肯定不是来访者。

"我想我听到了声音，"她轻快地对怒目而视的小伙子说道，

"但愿卡洛琳小姐感觉好点了——但我只是来询问，不是来打扰她的。我确信她需要安静，不想被人打扰，但我想询问一下还是可以的吧。"

理查德大步走出了房间。希娃小姐脸上带着一种奇特的表情，望着他离开。然后，她走到床边。

"卡洛琳小姐，"她说，"我是一个陌生人，但我在这家的职责是帮助瑞秋小姐，我是她请来的。我想你也需要帮助。你遇到了大麻烦——你知道一些隐情，却不敢讲出来。相信我，真相总是最好的。跟一个陌生人说话比跟家里人说话更容易些。如果你告诉我你的烦恼，我会尽力帮助你。我与警察没有关系，这个案子还没有移交给警方。我仍然有可能帮助你。但是如果你不跟我说，我强烈要求你穿过走廊，去跟瑞秋小姐说。她非常爱你。你有什么话都可以跟她说。如果你闭口不说，可能会导致巨大的伤害。"

沉默。然后，卡洛琳用胳膊肘拄着扬起头来。她的眼睛因痛苦变得麻木无神，她的脸跟鬼一样苍白憔悴。希娃小姐同情地看着她，温柔地说道："我听到了你刚才说的话。你告诉理查德先生你知道。你知道什么呢？如果你说出来，对大家都有好处。"

卡洛琳盯着她，歇斯底里地说道："我无法思考，我病了，我想静静。哦，你离开好吗？"

希娃小姐点了点头。

"很好，我离开，让你考虑考虑我说的话。我不想催促你，但如果你能尽快说出来，对每个人都有好处。"

她走出房间，关上了门。与此同时，她看到女孩又倒在床上，把脸藏了起来。

第二十七章
真假支票

瑞秋的门打开了，她招手请希娃小姐进来。

"你能到这里来吗？我必须和你说话。出事了。"

希娃小姐饶有兴趣地看着她。很明显出了什么大事。此刻，瑞秋很警惕，一本正经，气呼呼的样子，希娃从来没有见她这样过。

瑞秋关上了门离开了，但仍然站着。

"希娃小姐，我的银行经理刚刚给我打了电话。他们收到了一张有我签字的支票，因为数目巨大，他觉得在兑付之前有必要跟我核实一下。"

"是吗？"银小姐说道。

"这张支票是给我的姐夫欧内斯特·瓦德洛的，支票背面注明是他资助儿子莫里斯。"

"这张支票是你开出的吗，瑞秋小姐？"

瑞秋抬起了头，平静地说道："三天前我给我姐夫一张一百镑的支票，他叫我不要画线。"

"他说为什么了吗？"

"我明白他是想把钱给莫里斯，他想没有画线支票会更方便些。"

"你说的就是这张支票吗？"

愤怒让瑞秋显得更加漂亮。

"我没有确认数额，我给了欧内斯特一张一百英镑的支票，可他出具的支票是一万英镑。"

希娃小姐表情严肃。

"我不明白，"她说，"这个数字很容易更改，但是字——特勒赫恩小姐，把一百改成一万是不可能的，除非伪造者铤而走险伪造——这么大的数额，银行肯定联系出票人确认的。"

瑞秋点了点头："文字没有被更改，是伪造的。支票的数额跟我开出的不一样——那是下一张。那张支票从支票本里不见了。要么是欧内斯特，要么是莫里斯把它撕下去，复制了我开出的那张支票——但不是一模一样。我觉得有必要把这件事告诉你。"

希娃小姐心不在焉地说："是的。"

瑞秋的脚跺了下地板。

"不是我姐夫就是他儿子想抢我的钱——他们俩都难辞其咎。"

"他们可能都很担心。欧内斯特和梅布尔对莫里斯宠爱有加。他们一直缠着我给他们这个数额，我拒绝了。于是有人伪造了支票。

现在，我想知道这件事跟昨天发生的事有没有关系。"

希娃小姐温和地盯着她。

"一个刚刚伪造了你的签名，想得到一万英镑的人，在支票兑现前是不可能把你推下悬崖的。你的死会让支票变得一文不值。"

"这我知道，但是这样想想看。你伪造了支票并出了手，然后你就想到这是在冒可怕的风险。即使你得到了钱，总有露馅的那一天。你不可能被起诉，但是你肯定会受到排斥。你将不再是家庭的一员，你会不会想方设法进行补救呢？"她的声音变得坚硬起来，"如果昨天晚上我被害死，莫里斯就会来要那一万英镑。"

"你姐夫呢？"

"五千英镑，但梅布尔是三万英镑。"

"目前的遗嘱是这样的吗？"

"是的，这是我父亲的愿望。"

"瑞秋小姐，毁掉遗嘱，并告诉你的家人。"

"我已经说过我不会那样做的。我死也要一查到底。"

希娃小姐点了点头。

"如果查明欧内斯特先生或莫里斯先生是凶手，你就如释重负了，是吧？"

"希娃小姐！"

希娃小姐死死地盯着她。

"不要生气，事情本来如此。如果我能证明谋害你的人是你的姐夫或者他的儿子，你会非常感激我的。"

瑞秋抬起眼睛。先是愤怒，随后被天真无邪所取代。

"是的，是这样。你知道，我真的不爱他们。如果他们想谋害我——我可以忍受。这跟你爱的人害你不一样。"她突然动了一下，"我必须立刻去见欧内斯特，我希望你也在场。我认为我们不能继续装作你是家庭教师了。"

希娃小姐说："对。"

瑞秋按响了门铃，艾薇被派去请瓦德洛先生上楼，到瑞秋小姐的起居室来一趟。她们静静地等待他的到来，瑞秋坐在写字台前，希娃小姐坐在不显眼的地方——炉火旁矮椅子上。她的手里第一次没有了编织活儿。她的手懒洋洋地放在膝上，表情严肃而深邃。

欧内斯特·瓦德洛急匆匆地走了进来，他的时间总是不够用，总是觉得自己受了委屈似的。

闹闹在炉前地毯上伸了伸懒腰，抽动着一只耳朵，睁开了一只眼睛，在喉咙里轻声地叫着。瓦德洛先生厌恶地看了看它。

"瑞秋，你找我吗？当然，我很愿意为你做些什么。我正在查阅比利牛斯山脉的笔记，回想那次比利牛斯山脉朝圣之旅。我想题目叫'头韵'，或者'比利牛斯的朝圣者'，或者'比利斯游记'。你喜欢哪一个呢？"

"恐怕我现在没有心情考虑这件事，我想和你谈一个非常严肃的问题。"

欧内斯特的眉毛抬得非常高。很显然，他的小姨子忘记了陌生人的存在。陌生人坐在炉火旁一副倾听的样子，怎么可以谈严肃的事情呢？

瑞秋明白他的疑问，说道："请坐，欧内斯特。在这个问题上，希娃小姐是我的顾问。"

欧内斯特·瓦德洛表现得很担心，眼角和嘴角的皱纹聚集在一起，但这不能说明他的良心不安。他眉头紧锁，满脸疑惑地说道：

"我亲爱的瑞秋，我真不明白……"

"请坐下来，"瑞秋说，"欧内斯特，你还记得三天前我给你一张一百英镑的支票吗？"

瓦德洛先生似乎很痛苦。

"我原以为这是件私事，但这并不意味着……你太随意了。这件事我当然记得。"

"那你用那张支票干什么了？"

"亲爱的瑞秋，这当然是我的私事。"

瑞秋说："不是。"然后又说，"请你必须回答这个问题。你把它送到银行了吗？"

"没有，我没有。"

"你背书转让给别人了吗？"

"怎么可能，瑞秋！"

"转让了吗？"

"没有。"

"你自己兑现了吗？"

"你很清楚，我没有机会这样做。"

"那么，支票还在你手里吗？"

"没有。"

"那么，欧内斯特，你能告诉我支票哪去了吗？"

瓦德洛先生扶了扶夹鼻眼镜。

"我觉得这些问题很难理解。我本不想详细解释，但如果你一定要我解释……"

瑞秋向前倾了倾身子，用胳膊肘撑着桌子。

"欧内斯特，这样说话有什么好处呢？那张支票出事了，我当然想知道你拿它做了什么。银行刚刚给我打了电话。"

欧内斯特·瓦德洛松了一口气。

"我想她忘了签她的名字了，她没有你那些商务经验。但这并不是她的错。如果你父亲遗嘱里的条款不同……"

"欧内斯特，你在说什么？她？你把支票给了切丽吗？"

瓦德洛先生的表情愤怒而惊讶。

"切丽？当然没有！她有自己的衣服津贴。"

"那是梅布尔，你把支票给了梅布尔吗？"

"是的。"

瑞秋咬着嘴唇，重复了她姐姐的名字。

"我从没想过你会把它给了梅布尔。你知道她用支票做了什么吗？"

欧内斯特坐立不安。夹鼻眼镜掉落下来，他不得不弯腰摸索。当他再次站直的时候，他的脸有些红了。

"你没有好好问问她吗？"

"你背书转让给她了吗？"

"我想她不知道银行会要求她签名，但这就称得上严重事件吗？"他生气地笑了。

瑞秋打开抽屉，拿出一个支票簿，把它递给了他。

"你看看最后两个票根，欧内斯特。倒数第二个是我给你的支票。挨着它的那张没有归档。大约四十五分钟前，莫里斯出示了这张支票。经理感到可疑，给我打了电话。这张支票是给你的，背书给了莫里斯，金额是一万英镑。"

欧内斯特·瓦德洛目瞪口呆。他的眼睛黯淡无光，白眼珠居多，显得眼睛格外暗淡；张开的嘴很苍白，布满皱纹的脸颊变成了灰色。

希娃小姐从椅子上站起来，走到他身边。她把一只手放在他的肩膀上，坚定而平静地说："瓦德洛先生，振作起来，这事令人震惊。我给你倒杯水喝吧。"

当他东倒西歪地从瑞秋的浴室回来的时候，他依然是失魂落魄的样子。他把水喝了下去，然后躬身向前，手里仍然拿着玻璃杯。

"你不知道吗？"希娃小姐说道。她从他的头顶上望着瑞秋："我想你应该向瓦德洛太太寻求答案。这张支票开出的数额正是她认为莫里斯·瓦德洛应该得到的份额。我觉得肯定是她伪造的。任何一个有金融知识的人都知道，如此巨额的支票柜台兑现前肯定要与支票开具者核实的。我立即怀疑到了瓦德洛夫人，莫里斯先生很有可能认为这张支票是真的。我几乎不能想象……"

欧内斯特·瓦德洛斜靠在写字台上，极力控制着身体的平衡。他用颤抖的声音大声说道："不要说了！我要发疯了！"他怒气冲冲地转向瑞秋，"这个女人在说什么？我不知道她是谁，我也不知道她在说什么。一万英镑的支票、柜台、普通支票，什么乱七八糟的！我从来没有听说过。你想让我相信梅布尔……梅布尔……"

　　他说话的同时，希娃小姐看见了门在移动。门猛地被打开，梅布尔走了进来。她的脸涨得通红，她似乎忘记了自己有心脏病。她使劲地关上了门，愤怒地说："莫里斯什么也不知道！"

　　欧内斯特跳了起来。

　　"梅布尔！"

　　"我知道瑞秋会怪罪莫里斯！她从来没有理解过他或者喜欢过他。她嘴上说喜欢没有用，她从来没有喜欢过他。如果她稍微体谅一下母亲的担心的话，当时她就会把钱给他。我跟她说莫里斯需要这笔钱，有了这笔钱，他就不去俄国了。到了俄国，他可能染病，还可能给我带回个布尔什维克的儿媳妇，这会让我心碎的。但是瑞秋关心吗？她只关心钱。那不是她自己的钱，是我父亲的，从道义上讲，其中的一半应该是我的！瑞秋，为了我的儿子不被击毙在地窖里，或者被毒死在排水沟里，我拿回自己的钱，你要送我去监狱吗？"

　　"梅布尔，"欧内斯特颤抖着说，"你在说什么？瑞秋，别听她胡说八道。梅布尔……"

　　"安静！"梅布尔声嘶力竭地喊道，"我很清楚我在说什么。这一切都是我自己做的，看到瑞秋给你的支票，我就想这样做了。她是怎么想的呀！莫里斯想要一万，你却给一百，亏你想得出来！于是我决定出手，并且我做得很巧妙。"梅布尔实际上有些洋洋自得，"我有另外一个支票，我复制了一百英镑的那张，把一百改成了一万。没有人会认出那不是瑞秋的签名，因此，我不知道你们在这里吵嚷什么。"

与此同时，瑞秋一直靠坐在椅子上，她面无表情，眼睛盯着她姐姐的脸。她好像个旁观者。她平静地说："银行通常不在柜台上支付普通支票如此巨大的金额。经理让莫里斯等着，然后给我打了电话。"

梅布尔的脸抽搐起来。

"他们把他怎么样了？"她抓住了欧内斯特，他抱住了她。

"把莫里斯怎么样？没怎么样。梅布尔，你最好坐下来吧。"

瓦德洛夫人被扶到最舒适的扶手椅上坐下。她紧紧地抓住她，急切地问道：

"那么你告诉他们没事了？"

瑞秋的眉毛挑了一下。

"当然不是。我废止了那张支票。"

"可是莫里斯……瑞秋，难道你没有一点感情吗？你不明白你是在折磨我吗？"

瑞秋冷冷地说："我告诉经理这是弄错了。"

欧内斯特关切地俯身照顾他的妻子。

"亲爱的，我求求你了，你会为此而受苦的。"

"他会怎么想啊？"梅布尔悲伤地抽泣着说。

"不是你就是欧内斯特伪造了我的签名。"瑞秋口干舌燥地说，"恐怕莫里斯不会得到那一万英镑。"

午餐铃声从楼下的大厅里传来。闹闹在吵闹声中一直在沉睡，听到铃声，它立刻跳起来，向门口跑去。

第二十八章
她走了!

文明的生活有其自己的规律,无论家中出现了什么变故,早餐、午餐、茶点和晚餐照例进行;出生、结婚、离婚、会议、聚会、疏远、爱、恨、怀疑、嫉妒、打架、谋杀和猝死——尽管如此,家里召唤人们吃饭喝茶的铃声或锣声依然响起,就算你今天或明天死去,饭还

是要吃的。

瑞秋·特勒赫恩在卡洛琳的门口停了下来,没有听到任何声音,然后跟着瓦德洛夫妇下了楼。她很高兴自己点了一个托盘送上来。当她再次回到房间时,却发现需要两个托盘了。梅布尔不见了,欧内斯特带着责备的目光和声音告诉她,梅布尔马上要犯心脏病,他坚持让她去静卧了。

"她用力过度了。我们不能让她激动。今天她需要卧床休息,

当然她要吃午饭来维持体力，加餐一些清淡和有营养的食物。她不能受到打击，也不能用力过度——莱维塔斯医生就是这么说的。他最了解梅布尔的身体状况。我责怪自己，但是你也有责任——你没有姐妹情分，没有让她平静下来，对她的健康漠不关心。"他激动地低声说着，紧张地擦拭着夹鼻眼镜，坐立不安。

事实上，埃拉·康普顿的到来是一种解脱。埃拉的话题从麻风病人到贫民窟，她的话题可能不适合在餐桌上谈论，但至少比讨论梅布尔的病情和指责她没有姐妹情分好得多。

理查德和科兹莫都来得太晚了。理查德切了一盘冰冷的牛肉，默默地吃着；而科兹莫却谈兴大发——社会上的趣闻轶事、艺术圈的八卦、巴黎的超现实主义展览，他侃侃而谈，没完没了。瑞秋从心里感激他，此刻她比刚刚拒绝他求婚的时候更喜欢他。他不皱眉、不生闷气、餐桌上的气氛一直很活跃，不像可怜的理查德。他和卡洛琳怎么了？不过是鸡毛蒜皮的小事吧？情侣们为微不足道的小事争吵很常见。不可能有什么大事。

她赶走自己的思绪，听到科兹莫说："噩梦，不是艺术，亲爱的希娃小姐。"

希娃小姐把面包弄碎了。

"当然，我说得不一定对——在这些方面将来你会比我知道得更多，但是超现实主义者的目标不就是远离国外思潮的入侵，向人们灌输那些通常植根于无意识头脑中的观念吗？"

科兹莫笑了。

"如果这些想法是公平的标本，他们的头脑就有问题。"

175

希娃小姐轻微地咳嗽了一下。

"有点像审判日，如果我可以这么说而不冒犯神灵的话。所有心中的秘密都被公开了。我想我们都害怕看到这种情况发生。"她继续把面包弄碎，"如果我们的思想——我们内心的秘密成形站在我们面前的话，不知道我们该作何感想。"

科兹莫笑得和蔼可亲，他是笑给瑞秋看的。

"亲爱的，至少你是安全的。我可以想象得出你正在内心描绘一幅迷人的图画。"

瑞秋感到一阵剧痛。"我的内心？上帝啊！"有一阵儿，她真不知道会不会大声说出心中的想法，她的想法——恐惧、怀疑、痛苦、怨恨、恐怖——如果这些东西成形该有多么可怕啊！

科兹莫仍在向她微笑着。

"我亲爱的，鸟语花香吧？"

欧内斯特·瓦德洛扶了扶夹鼻眼镜。

"这是一个很有趣的理论。我记得和莱维塔斯医生讨论过梅布尔心理平衡问题。他把梅布尔的心理平衡比作银色的铃铛。她对这个形象非常满意。我们都认为比喻恰如其分。遭殃的是最安分的元素和精美的音调。我记得引用了莎士比亚的'甜美的钟声由于曲子不佳而发出刺耳的声音。'"

埃拉·康普顿好像受到了冒犯，她死死地盯着他。

"天哪，天哪，欧内斯特，你接下来会说什么？那是奥菲莉娅，她疯了。我们家从来没有过疯子。"

理查德·特勒赫恩把他的椅子向后推了推，说了声"对不起"

就走了出去。瑞秋听见他上楼去了。欧内斯特还在高谈阔论，但她已经不知道他说到哪里了，她的大脑似乎已经关闭了，她听到的只是毫无意义的声音。

电话铃响了，她带着解脱的心情起身去接电话。她把听筒放在耳边，听到了切丽开心的笑声，那笑声就像从遥远的地方传来的回声一样。

"瑞秋吗？我没有时间。我正在一个地图上找不到的、臭烘烘的电话亭给你打电话。这里有个村庄，但我不知道它叫什么。"

那种熟悉的想揪住切丽耳朵的愿望让瑞秋恢复了常态，她厉声问道："你在那儿干什么？"

"亲爱的，在一个电话亭里能做什么呢？打电话呗。这里闻起来都是油漆的味道。"

"你想要什么？"瑞秋说。

开心的笑声沿着电线传来。

"天啊，真现实！好吧，我想告诉父母，我和鲍勃今天上午结婚了。我们领取了最昂贵的那种结婚特别许可证，来弥补没有伴娘的缺憾。我不能请米尔德里德或她的人当伴娘，对吧？不管怎样，没有伴娘也是相当合法的。告诉妈妈婚礼是在教堂里举行的，因为如果不在登记处注册结婚，鲍勃的姑姑玛蒂尔达就会变更她的遗嘱，至少鲍勃说她会这样做，所以我就让步了。"

"切丽，你说的是真的吗？"

"绝对。告诉妈妈等到我离婚那会儿再发作吧。"

瑞秋挂上了电话，回到了她的座位上。她面无表情地对欧内斯特说："切丽跟鲍勃·海德维克结婚了。你最好等梅布尔吃完午饭再告诉她。"

埃拉·康普顿发出了一声微弱的尖叫。

"切丽已经跟米尔德里德·罗斯订婚了，她是去当伴娘的啊！"瑞秋眼里闪现出了朝气。

"这样的小事不会让她担心的。"

欧内斯特·瓦德洛什么也没说。他的夹鼻眼镜掉了下来，他的嘴大张着。

希娃小姐转过头去听。她听到的微弱声音变成了人人都能听到的声音——那是楼梯上的脚步声，并且是跑动的声音。门被猛然打开，理查德·特勒赫恩出现在门口。他寻找着瑞秋，对她愤怒地大声叫道："她走了！开车走的！她不该走哇！她开不好车！"

他们都站起来，来到他身边。瑞秋把手放在他的胳膊上，感觉它很僵硬。

她有气无力地说："卡洛琳？你确定吗？"

他的脸色把她吓坏了，他甩掉了她的手。

"我告诉你她的车不见了！而且她不适合开车。这家里发生了什么事？你对她做了什么？"

"理查德，"瑞秋说，"你必须去追她。"

他粗暴地说："去哪里追？如果我知道她去了哪里，我能不去追吗？她上个月就退掉了公寓。她会去哪里呢？"

希娃小姐走上前来。

"她在伦敦的时候把车停在哪里？"

理查德如梦方醒。

"我要试试。我要想办法在路上抓住她。"

他离去了。

第二十九章
一反常态

瑞秋静静地站着，目送他远去。她知道希娃小姐离开了房间，上楼去了。欧内斯特·瓦德洛摇头叹息着，从她身边走了过去。切丽的私奔很可能让他在下午剩下的时间里无暇顾及别的事，瑞秋觉得这对她来说是一种解脱。梅布尔肯定会躺在床上，欧内斯特肯定要照顾她，他们都没有时间去过问卡洛琳的事了。

一想到卡洛琳，她就心痛不已。卡洛琳遇到麻烦应该来找她啊，为什么要出走呢？

希娃小姐又回来了，有点上气不接下气。

"我去看看她是否留下了纸条，但什么也没留下。"

瑞秋用可怜巴巴的眼神看着她。

"她为什么要走呢？"

"她知道一些秘密，瑞秋小姐。"

"你怎么知道？"

"她没有否认。我劝她说出来，她哭了，并且把脸埋在枕头下。我给她时间考虑考虑，没想到她利用这段时间逃走了，我真蠢！她逃走是想隐藏起来，你知道她带钱了吗？"

瑞秋摇了摇头。她的嘴唇在颤抖。她的牙齿紧紧地咬着下嘴唇。

"她身上钱不多。"科兹莫·弗里斯说。他那红润的脸上满是焦虑。他对希娃小姐说："我知道她没有多少钱，因为她跟我借钱了——我想想——是的，是昨天，她问我能不能借给她五英镑。"

"那就是说她只有五英镑了。"

"哦，不，"他笑着说，"我没钱借给她。"

希娃小姐的眼睛从他身上转移到瑞秋身上。

"那么，没有钱她会去哪里呢？"

瑞秋说："我不知道。"

科兹莫·弗里斯摇了摇头。

"如果你许可的话，"希娃小姐说，"我要对她住的屋子进行更彻底的搜查。"

埃拉·康普顿喝完了她自斟的酒，伸手去拿酒瓶，但又缩了回来。

她说："女孩子真是不可理喻，当然切丽的事确实让我大吃一惊。我总说女孩子没有好下场，但卡洛琳似乎是个很稳重的姑娘啊。事实上，越稳重的越糟糕，真没礼貌——怎么能在吃午饭时出走呢，搅得大家饭都吃不好。瑞秋，虽然我不知道你为什么因此事伤心，但我想她肯定是跟理查德吵架了，他们很快就会和好的。我说她没教养，没礼貌，但你不必伤心。我要去屋里躺会儿，巴伯夫人借给我的那些文学作品有些难懂，读得不快，但在这种凝重的气氛中保持清醒真的很难。”

瑞秋和科兹莫跟着她进了大厅。他把一只手亲切地放在她的肩上。

“亲爱的，埃拉终于说对了一次，你把这事都看得太严重了。这只是一次争吵，理查德会把她带回来喝茶的。但我不喜欢你愁眉不展的样子。”

她转过头来。

“你要走了吗？我怎么不知道？”

“亲爱的，我必须走了。可怜的拉曾比真的病了。你一定听我说起过他。可怜的家伙——他就是自己的敌人，如果说他还有朋友的话，那我就是他唯一的朋友了。但我不愿意离开你。”

瑞秋挤出一丝微笑。也许他是对的，卡洛琳的出走像一块石头一样压得她喘不过气来。理查德会把他带回来的，这只是恋人之间的争吵，没有什么可怕的，但是，这种恐惧就是挥之不去。

前门的门铃响了，她退回餐厅一两步。她想象不出谁会在这个时候敲门，但当她听到盖尔·布兰登的声音时，她马上伸出双手去开门。见到布兰登她很高兴，把不让他来的理由忘得一干二净。

她的手被布兰登紧紧地握在手里，都把她的手握疼了。他说：“我来了，你会因此生气吗？”

她原想强装笑脸，但现在她不用装了。她抬起头，深情地望着他说："见到你我很高兴。"

"怎么一反常态了？"盖尔·布兰登说，"你告诉我不要来。现在我来了，你还高兴。怎么回事？你还没有从那件事中缓过劲来吗？"

他们仍然手握着手，但就在这时，科兹莫的一个举动吸引了他们的注意力。圆滑的人可能会知难而退，但是有多少男人能如此大度呢？弗里斯先生走上前来，他们的手松开了。瑞秋的脸颊绯红，知道难堪的时刻到来了。如果不是科兹莫多好啊！他太善良了，她不愿意伤害他的感情。

但是，当那一刻过去的时候，却没有什么明显的伤害。两个男人在说话，科兹莫在谈卡洛琳的事情。

"她开车走了，考虑到她不适合开车，瑞秋很恼火。今天早上，她晕倒了。"

在瑞秋看来，他们讨论卡洛琳是很自然的事情，只是后来想想，她不知道是怎么扯出这个话题的，毕竟盖尔对卡洛琳了解很少。她说："我确实非常担心，她不该开车，我们不知道她去了哪里，再说，她没有带钱。"

当她说话的时候，以前所感受到的痛苦又回来了，只是痛苦翻了倍。她可怜巴巴地看着他，仿佛在求助，她听到他说："如果你担心的话，我们就去找她。她开着蓝色的小型奥斯汀汽车，是吧？如果她经过雷德灵顿，会有人看到的。无论如何，我们可以试试。你准备一下，咱们走。"

想到去找卡洛琳，瑞秋开心了许多。她点了点头，跑上了楼。

正在戴帽子的时候，她意识到路易莎在她的身后好奇地看着她。她轻快地说："拿我的外套，路易，那件厚的棕色的。我去找卡洛琳小姐。"

路易莎没有动。她双手合十地站着，凝视着瑞秋在镜子里的映像。

"难道你不想清静吗？"她说，"他们从家里走了，如果你不去找他们，他们就不会再来了。"

"路易！"

路易莎·巴尼特提高了嗓门。

"瑞秋小姐，他们为什么走了？回答我！因为他们的良心不允许他们住下去了——就是这么回事。你被推下悬崖的时候，谁在场？理查德先生在场，卡洛琳小姐在场。格拉迪斯说卡洛琳进门的时候在哭，衣篮里她的三个手帕都浸湿了，我亲眼看见的。没有人会这样哭，但是他们做了什么——你不知道。瑞秋小姐你能告诉我她为什么晕倒了吗？不，你不会告诉我的。但是埃拉小姐说，当你说是如何被推下悬崖的时候，卡洛琳小姐坐在那里一动不动，好像聋了、哑巴了，但是，当希娃问你看没看清推你的那个人，你回答'没有'的时候，卡洛琳小姐晕倒了。"

瑞秋站起，转过身来。

"路易。你没有权利指责别人，知道吗？去拿我的外套。"

这一次，路易莎拿来了外套。她帮助瑞秋穿上，但她的手在颤抖。然后她抓住外套的一角，紧张地耳语道："瑞秋小姐，你不会打发我走吧？"

瑞秋把她的手移开了。

"我能把你打发到哪里去呢？"

黑色眼睛里闪烁着光芒。

"打发我去我的坟墓，真的，因为我活不下去了。"

瑞秋向门走去，就在她走到门口的时候，她没有回头，说道："你说了很多废话，路易。这样不好，也不能解决问题。如果你想留下来，你就管住你的嘴。"

她走了出去，发现科兹莫在等着她。

她疑惑地看着他。

"有些话我憋了很久了——是有关卡洛琳的。"

她打开起居室的门，走了进去。

"很好。"

第三十章
我们都是嫌疑犯

他关上了门，走到炉边，站在那里，拿起瑞秋母亲留下的老式镀金钟，摆弄着钥匙。他看起来很严肃，心事重重的样子。瑞秋的心沉了下去。

"科兹莫，什么事？别卖关子好不好？"

他说："不，不是的。"但他欲言又止，瑞秋不耐烦了。然后他放下时钟说："本来我不想说，我亲爱的。实在是不好开口啊。"

"不好开口？科兹莫，你必须开口。"

他深深地吸了口气，好像在叹息。

"是的，我知道，但如果说出来，你可能会生气的。"

"事情很严重吗？"

他点了点头。

"我想很严重。"

瑞秋的脸因恼怒而变红了。

"快说！"她喊道。

他委屈地看了她一眼。

"你看，你已经生气了。但我不能不说。我不能眼睁睁地让你跟那个人一起去。"

"你说见我是为了卡洛琳的事。"

"是的，但这件事我也必须说。我求你不要独自跟那个自称布兰登的人一起去，他是盖尔·布伦特。如果你给我时间，我会证明他的身份的。你对他了解多少？你被推下悬崖的时候，他就在悬崖上。假设是他推的你，假设他有疯狂报复的动机。哦，这太骇人听闻了，但是晨报上这样的报道还少吗？难道你不相信，一个在嫉恨中长大的人可能会做出极端的事情来吗？在其他事情上，他都很理智，说话、思维、为人处世都跟正常人一样，但危险一直存在着。"

"你说的是废话，"瑞秋冷冷地说，"我没有时间了，科兹莫。"

他站在原地不动。

"瑞秋，今天早上你实际上指控了我们所有人。你把我们召集在一起，还叫来了一个陌生人，你当着陌生人的面宣布有人谋害你。我们都成了嫌疑犯，对吧？"

瑞秋没有回答。

"你看，"科兹莫·弗里斯又说，"我说——你无法否认——我们都受到了怀疑。可怜的小卡洛琳崩溃了，昏过去了，现在出走了。我想这证明她有罪……"

"科兹莫！我不想听这个。"

他说："恐怕你得听。你看，事实上，你把我们所有人都列为怀疑对象，我必须告诉你凶手不在我们中间，你应该扩大怀疑范围。亲爱的，难道你真的认为我们中间有人想谋害你吗？哦，这太可怕了！"

他评论晨报时使用的那个短语闪现在瑞秋的脑海中，但她不能说出口。她悲哀地说："这有什么好处呢？"

他伤心地看了她一眼。

"一点儿好处都没有。你想走，是吗？瑞秋，我只求你不要单独跟他去。我不是要你跟我在一起，尽管你知道那样我会很自豪，也很高兴，但是我强调这一点——坐你自己的车去，让你的司机开车。不要单独跟盖尔·布兰登去，那样是冒险。"

瑞秋的下巴上翘了一下。

"科兹莫，还有话要说吗？因为如果……"

"有。还有卡洛琳。"

"是吗？"

他走到门口，打开了门。

"我一直在考虑这件事，我敢肯定她会去城里的。你看，她有我公寓的钥匙，一个月前她退掉自己的公寓时，我就把钥匙给她了。就在本周的某一天，她说她要去那里，哦，我不记得是哪一天了。"

"你为什么不早说呢？你为什么不告诉理查呢？"

他的脸上又出现了焦虑的神情。

"我知道，这也是我一直在问自己的问题。但是我已经把这件事忘得一干二净，我前前后后梳理这件事的时候才想起来——你知道，我可以直接去那里找她，不须你去。"

她摇了摇头。

"我必须走了。我必须见到她。"

她从他身边经过，来到走廊里，这次他没有阻止她，但是她一到走廊，卡洛琳房间半开的门突然大开，希娃小姐出现了。

"瑞秋小姐，你能抽出点时间吗？"

似乎每个人都想留住她。她快速地说道："没时间了，晚些时候可以吗？"

希娃小姐温和而固执地摇了摇头。

"哦，不，恐怕不行。我请求你……"

瑞秋让步了。

"科兹莫，你能告诉布兰登先生等我一会儿吗？"

她走进卡洛琳的房间，屋子被彻底搜查过了。抽屉开着，床被掀开了，梳妆台上散落着一些撕成碎片的打字纸。一些字迹看不清了，一些碎片不见了。她把一只手挂在桌子的一边，读着残缺不全的内容：

"趁大家都在吃午饭的时候，最好马上离开。走为上策。那个女人是个侦探。如果你不离开，她会让你开口的。开车走……"此处纸的右边少了一块。下一行从左边开始："我会找个借口……"这行的结尾没有了。下面是一个完整的句子："我们可以研究后再决定下一步的行动。"纸的底部被撕掉了。在一个孤立的碎片上有"理查德"的名字。

希娃小姐快速地说："谁有打字机？"

瑞秋盯着最后一张碎片说道："理查德。"

"这是不是在他的打字机上写的？有什么你能识别的特征吗？"

瑞秋说："有。"她把手指放在第一个字母上。"大写字母'B'总是那样模糊。"她的目光又回到了那张有理查德签名的碎片上，"这是签名吗？"

希娃小姐说："可能是这样。"

瑞秋茫然地说道：

"理查德去追她了，如果这些是他写的……你在哪里找到的这些碎片？"

"在床单上。她把便条撕了。她极度痛苦，也许她的手在颤抖，碎片散落了，有些掉在了地板上。她把最重要的部分撕碎了。我们不知道他们在哪里见面。然后她急忙收拾东西，我发现衣柜的门是打开的，一件衣服从衣架上掉了下来，那个抽屉被拉出来了，针垫在地板上，床没有动，午餐托盘没有碰。你可以看得出她走得多么匆忙。"

瑞秋在心里呼唤着卡洛琳的名字——如此急切地走了！她要去哪里？他们都去哪儿呢？

她慢慢地挺直身子，仿佛在对自己说："我要去追她。科兹莫认为她会在他的公寓里，他说她有一把钥匙。他们就像叔叔和侄女一样。"

"弗里斯先生开车送你去吗？"希娃小姐问道。

"不，我要和布兰登先生一起去。"

接下来是短暂的沉默。瑞秋强打精神，科兹莫已经警告过她了，希娃小姐也要警告她吗？她知道即使他们都警告她，她仍然会和盖尔·布兰登一起去。

但希娃小姐似乎没有警告的意思，她沉思着说道：

"好吧，科兹莫先生住在这里吗？"

"不。他要去城里看一个生病的朋友。"

"你能告诉我他公寓的电话号码吗？如果卡洛琳小姐在那里……"

"不，不，你不能给她打电话，这是致命的。"

希娃小姐用胳膊碰了碰她。

"假设她不在那里，别的地方她能去哪里呢？"

瑞秋犹豫了。

"实际上她说要去城里。我想她会去公寓的。科兹莫似乎肯定……"

"瑞秋小姐，别处有比公寓更僻静的地方吗？"

"科兹莫的小别墅，但是她不会自己去那儿的。那里很偏僻，哦，不，她从来没有独自去过那里。"

"她不是一个人，你忘了，她要去见那个写那封信的人，然后商讨事情。这个小别墅在哪里？"

"在布鲁克登，离雷德灵顿大约十五英里 ②。"

---

② 　一英里＝1.609344公里

"在去伦敦的方向吗？"

"不，正相反。小别墅离村子有一英里远。科兹莫去那里画画。他不在的时候，别墅就关闭了。卡洛琳不会去那里——她不喜欢别墅。"

"如果她真的去了，她能进去吗？"

"哦，是的。他把钥匙藏在了工具棚里。那里没什么可偷的东西。"

"有电话吗？"

"有，他装了一台。我可以把号码给你。看这里，让路易莎打吧。如果她在那里，也不会吓到她。但此刻她还没到那儿呢。希娃小姐，我敢肯定她不会去那儿的。"

"你把地址和电话给我吧。"

瑞秋把铅笔和纸递给她。她快速潦草地写下——布鲁克登，皮威特角。

希娃小姐皱着眉头。

"一个很奇怪的名字。"

瑞秋在门口转过身来。

"这是法语的变体。那里有一口井，房子都盖在井的周围。我一直认为那里非常潮湿。卡洛琳说那里让她起鸡皮疙瘩，所以我说她不会去那里。如果她在公寓，我就给你打电话。"

希娃小姐站在那里，审视着她手里的那张纸。

第三十一章
二人世界

扫码听本章节
英文原版朗读音频

　　汽车离开了。瑞秋·特勒赫恩如释重负地靠在车座后背上。她如愿以偿地跟布兰登上路了，她不在乎车驶向何方，重要的是压力减轻了，她可以放松了。温克丽弗悬崖庄园连同其问题被甩在了后面。伦敦就在前面，那里的问题在等待着她。但在伦敦和温克丽弗悬崖庄园之间有一两个小时的车程，在此期间，她和盖尔独处于快速移动的世界里。最重要的是，他们能够在一起——独享二人世界，远离烦扰。

　　当他们驶入雷德灵顿大道的时候，她看了看他，他那强壮的脑袋让她兴奋，他身体的每个器官都是那么强壮。她想："如果他不是如此强壮，我现在就不应该坐在车里了。"这个想法也让她感到欣喜。她脱口而出："你是盖尔·布伦特吗？"

　　路上没有车辆，他眼含微笑看了看她。

"我就知道你会问我！是谁告诉你的？"

"科兹莫。盖尔·布伦特出现在了我母亲写给他母亲的信里，奶奶只记得你叫桑尼。你是盖尔·布伦特吗？"

他笑了，笑得那样自然。

"我是盖尔·布兰登。这是我的真实姓名，我没有用虚假身份追求你。有一点我确实对你有所隐瞒，但我是打算告诉你的，我只是在等待时机。当我在此遇见你的时候，我对你一见钟情，我是想我们确立关系后再告诉你。"她的心跳得厉害。他伸出左手捂住了她的双膝。

"我得到你的芳心了吗？"

她的声音低得几乎听不见："你好像是这么想的吧。"

那只手在她的双膝上捏了一把，她倒抽了一口气。

"这话该你说——至少这是风俗习惯。我不知道为什么被你迷住了，无论如何，我都要得到你，但是……"他又捏了一把，"如果你愿意，你可以说出来嘛。"

瑞秋笑得喘不上气来。

"如果我不愿意呢？"

他的声音变成了孩子气的、哄人的口吻。

"还是你说吧，我有一个不错想法，我得到你的芳心了吗？"瑞秋说"是的"，捏着她双膝的手松开了，继而转移到了她的肩膀。汽车划了一条奇怪的曲线差点掉进了沟里，那只手又回到了方向盘上，他不无遗憾地说："不行，我只好等到了安全地带再向你示爱了，我不想因为违规驾驶进监狱。我还是告诉你有关盖尔·布伦特的身世吧。"

瑞秋"哦"了一声。此刻，她感到很轻松，但她的头脑明亮空旷，就像一座刷了白漆但没有装饰的房子一样。她听见盖尔说"我还是告诉你盖尔·布伦特的身世吧"，心想："那我就听听吧。"

他用她最熟悉的声音说道：

"是这样的。我父亲的名字是斯特林·布兰登。因为娶我母亲的事，他和他父亲吵了起来。然后他离家出走了——断绝与亲戚的联系，也不写信。我出生后，也没有使用这个名字。他们肯定是说了他无法原谅的话。不管怎样，他称自己为斯特林·布伦特。我的母亲在我四岁的时候就去世了，这让事情变得更糟了。他为了给她建一座纪念碑又开始了争吵。大约一年之后，他遇见了你的父亲。他们是生意上的伙伴，我就是在那个时候认识了你。我以前从没见过这么小的婴儿。我记得站在那里看着你，不知道你是不是真实的。我想那个时候我就爱上你了。你母亲对我很好，但我跟梅布尔相处得不好——我不喜欢她，她也不喜欢我。但我很快乐。然后一切都结束了，我父亲和你父亲发生了争吵，我相信那肯定是我父亲的错——他不能设身处地从他人的角度看问题，他总认为对方是出于恶意与他唱反调，因此他大发雷霆，又吵又闹，然后，我们就从你们的视线中消失了。我们去了其他的地方——我忘记哪里了。后来有一天，他拿起一张报纸，看到他父亲中风的消息，于是他就回了家。老人是一个房地产大亨，我父亲到家时，我爷爷已经咽气，所以他们爷俩不可能再争吵了。我父亲继承了一切，现在的情况我就不必说了吧。"

瑞秋不知道她认真听了没有，他的话语似乎漂浮在她的脑海里，没有什么意义。她含糊地说："我父亲对这次争吵感到很抱歉。他们散伙后，我父亲发现了石油。他想让你的父亲得到他的股份。这些现在无关紧要，你说呢？以后我会来告诉你的。"

他说："是的，无关紧要。但其他的事情迫在眉睫。看这个地方，我们停车谈，好吗？许多事情需要商谈呢。"

直到这时，瑞秋才突然想起了卡洛琳以及对她的担心——他们是一起来找卡洛琳的。她轻声说道："不，不，我们不能停下来。我必须找到卡洛琳。我不知道她怎么样了，我好害怕。"

他再次握住了她的手，但这次握得很轻柔，但很有力。

"别害怕，亲爱的，一切都会好的。"

"这就像一个噩梦。"

"你马上就醒了。你能告诉我是怎么回事吗？"

"我不知道从哪里说起。"

"也许我已经知道一些了。那个穿棕色衣服的女人希娃小姐跟我说了一些——她是侦探，对吧？"

"可是你从来没见过她呀。"

他笑了。

"你错了。你上楼去戴帽子，你的表兄随你上了楼去追赶你，她就下来了。"

瑞秋死死地盯着他。

"可是没有时间啊。"

"如果你不浪费时间，你可以在五分钟内说很多事情。她的思维能力比我认识的任何人都强。一开始我觉得她疯了，后来我就觉得她没有疯。她看你的方式让你专注于她的讲话。她对我说的第一件事让我感到前所未有的震惊。她说你昨晚不是跌倒在悬崖上，而是有人推的。你对此有何看法？"

她长叹一口气。

"这是真的。"

"猜出是谁干的吗？"

她的脸色一下子涨红了。她把手抽回来，靠在车的角落里。

"这是最可怕的地方——人人都有嫌疑，像每次一样，只不过有的时候，那是路易莎在吓唬我。"

"瑞秋，你在说什么？"他把车停了下来，转身望着她，"我们必须把事情搞清楚。你说的都是什么？你知道吗，我不能一边开车，一边听这样的事情。你必须告诉我。"

瑞秋简明扼要，一吐为快。

"首先是那笔钱。钱成了我的负担，我不能转让也不能分配。家人一直都在。有家人陪伴固然很好，但他们不该一直住在我家。每个人都应该有自己的生活。以前我没有明白，但现在我懂了。你不能像别人一样生活，这就是我一直想做到的。我已经精疲力竭，但他们从来没有满足过。我说的不仅仅是钱，但因为那笔钱，他们才仰视我，依赖于我。他们总想得到更多。这是错误的——而且情况越来越糟了，就像偏离了重心的东西一样。上周，噩梦来临了。当我无法忍受的时候，我去见了希娃小姐。她帮助过我认识的人，所以我去找她。她昨天晚上来到我家，立刻发现路易莎一直在捉弄我。你知道，她真的很聪明。"

"为什么路易莎捉弄你呢，她玩的是什么把戏？"

他看见她的脸色变暗了，眼睛变黑了。她的声音变得更低，还有些颤抖。

"她想让我相信有人在谋害我。"

"她是怎么做的呢？"

"把楼梯打得特别光滑、让窗帘着火、把氨化奎宁塞进巧克力和在我床上放蛇。"

"什么？"

"陶磊治先生家的两条蝰蛇，闹闹把它们咬死了。但路易并不是有意伤害我，她只是想让我相信别人想谋害我。盖尔，她发誓说，在她给楼梯打蜡之前，有一节楼梯已经很光滑，她没碰巧克力之前，其中一块巧克力已经被塞进了氨化奎宁。她发誓说有人真的想杀我。盖尔，她说得对。不是路易把我推下悬崖的。"

她愤怒地看着他的脸。

"你怎么知道？当时，她不是在悬崖上吗？我把你拉上来的时候，不是她拎着灯笼赶到了吗？"

她摇了摇头。

"她爱我。不可能是路易干的，就像不可能是你一样。"

他慢慢地点了点头。

"是啊，我不是也在那儿吗？肯定不是我嘛。"

他们四目相对，时间凝固了。然后她说：

"你知道，我爱的人就是我的一切，是他们给了我安全感，如果他们背叛了我，我无法承受。除此之外的所有人都值得怀疑——没有人会相信别人。路易想让我相信是卡洛琳或理查德，或者是他们两个；科兹莫想让我相信是你——哦，上帝宽恕我，而我宁愿相信是莫里斯或欧内斯特，因为你知道，我不喜欢他们。"

他用一种奇怪的手势把瓦德洛夫妇排除在外。

"科兹莫认为是我谋害你，请你告诉我为什么。"

他看见一丝微笑浮现在瑞秋的脸上。

"当然是复仇，因为你父亲和我父亲的缘故，典型的老式世仇。"

她感到掉下悬崖，突然一惊，她不再说话。她看到他的脸变得阴沉了，脸色变化如此突然，她好像看见他举起了石头。光线很暗，这不过是幻觉吧？因为这个景象转瞬就消失了，她听见他说："如果是我把你推下去的，那我为什么还要把你拉上来呢？"

她上气不接下气地说："当然是因为你看到了路易莎的灯笼，或者你经过思想斗争，感到后悔了吧。"

"我明白了……"

他看着路面，一辆科尼尔耐蚀铬镍合金钢房车疾驶而过，三个骑自行车的年轻人从雷德灵顿方向无声地走了过去，他们弯着身子，低着头，手握着车把。忧郁吞噬了他们。

盖尔·布兰登粗暴地说："不说这些了，我还没有吻你呢。"

第三十二章
何去何从

　　瑞秋终于摆脱了他的纠缠。她还不知道她会有这样的感觉——既是两个人又是一个人，拥有双重力量和双份的快乐，既是快乐的给予者，又是爱的给予者，而对方唯一的想法就是给予，再给予。她想起了布朗宁的一句诗："男人已经死了，却想要找到我们已经发现的地方。"她感到了胜利的喜悦，以及对死亡的漠视。

　　她把自己从梦中拉了回来，双手推开他。

　　"盖尔，我们必须走。"

　　他若有所思地说："亲爱的，我不知道你要去哪里。"

　　她摇了摇他的胳膊。

　　"我要去找卡洛琳。"

　　"你不知道她在哪儿，你怎么去找她？你看，如果她在吃午饭的时候离开，那应该在两点钟之前了。"

"我们在一点一刻下楼去吃午饭，五分钟后，她的午餐被送上去。她没有脱衣服，很可能一点半之前就出走了。有一张纸条告诉她要离开。纸条上说：'趁大家都在吃午饭的时候，最好马上离开。走为上策。'还说希娃小姐是个侦探。然后写道：'如果你不离开，她会让你开口的。我们可以研究后再决定下一步的行动。'有一块儿被撕掉了，上面写着：'我会找借口……'我想他是想说：'我会找借口赶上你。'"

"这一切你是怎么知道的？"

"希娃小姐发现了那些撕碎的纸片，有些纸片不见了。一个纸片上有理查德的名字——只是名字而已，这并不意味着字条就是他写的。字条是在他的打字机上打出来的，但这并不能说明就是他本人写的。我们不知道是谁写的，也不知道她去见谁了，因为那些小纸片都被销毁了，我猜想是卡洛琳销毁的。"

"可特勒赫恩去追她了。他正是按字条做的——他找了个借口去追她。"他边说话边发动汽车，"如果你认为她跟特勒赫恩在一起，你还会担心她吗？"

瑞秋看着他。

"我很害怕，"她说，"我一直都很害怕。但是最让我害怕的是，我看到希娃小姐也害怕了。如果卡洛琳和理查德在一起，我就不担心了，因为他很爱她。"

盖尔·布兰登直视着前面，能见度不太好，他想："糟糕，下雾了。"他大声说道："我很喜欢特勒赫恩，但我不认识他。希娃小姐跟我说了两件事，我要告诉你其中的一件事。她不让你离开我的视线，这一点，希望你牢记在心。"

"另一件事是什么？"

"现在还不能告诉你。我们还是谈谈卡洛琳吧。如果她是一点半出走的，那现在她该到伦敦了。现在是三点多，我想她在两个小时内就能到伦敦。"

她说："如果她必须等那个写信的人，她就没到伦敦，如果写信的人是理查德——他走的时候足有两点钟了。"

"你不知道他会带她去哪里吗？"

"不知道。科兹莫认为……她有科兹莫公寓的钥匙，我们想……"

"可是，你想过没有，她不是一个人走的，特勒赫恩会带她去哪里呢？这是问题的关键。"

瑞秋犹豫了。

"如果想密谈，如果他想把她带走，就有这种可能。她知道一些秘密——我可怜的卡洛琳——她害怕被人逼供。哦，找到她多好啊！她不必害怕，什么也不要怕。她的心很脆弱，很容易受到伤害。哎，怪我自己啊，我早就发现她情绪不对头，但我以为是理查德惹着她了，我就没有过问。"

"你是说他爱上她了吗？"

"但她拒绝了他，这是我无法理解的，我一直确信他们都很在乎对方。"此刻，盖尔·布兰登想的是希娃小姐对他说的第二件事——那件他没有告诉瑞秋的事。她说："卡洛琳小姐很危险。"正是这句话让他想到她是不是疯了。如果她真是疯子的话，那么他们就可以嘲笑她了。但如果她不是，那么情况似乎不妙。理查德·特勒赫恩可能有问题。他突然问道："你确定希娃不是疯了吗？"

"很确定。"

他突然加速，路两边笼罩在雾中的灌木树篱快速闪过。

他们来到了雷德灵顿丑陋的郊区，车速降到了每小时三十英里。一排排小巧的新房子，房子上有哈皮考特和曼恩阿比这类的名字。然后是古老的街道，还有破旧灰暗的房屋。最后是一条狭窄的商业街上出现了一个大型的新商店和一家电影院，这里到处都是伊丽莎白时代、格鲁吉亚或者维多利亚时代的遗迹。

他们穿城而过，来到去往伦敦的路上。雷德灵顿说要建一条支路，但还没有实现。商店橱窗里的灯光被甩在了身后，傍晚的昏暗和雾气笼罩了景物。平坦的田野，修剪的树篱，一排排光秃秃的榆树矗立在路的两边。一个路标上写着"去往斯达汉姆、霍欧特"。

他们走出雷德灵顿五英里了，在此期间，他们谁也没有说话。这时，瑞秋突然说道："停车，盖尔！"

他瞥了她一眼，脚踩在刹车上。

"怎么了？"

她说："我不知道。我觉得我们走错路了。你相信那种感觉吗？"

"应该叫直觉。"汽车慢慢停了下来，"我不知道。直觉是非常不可靠的东西。我也有过直觉，我按直觉行事，结果让我很失望。有关直觉唯一确定的方面是你永远无从分辨。你的直觉是什么？"

瑞秋无助地看着他。她的冲动让她喊出了"停车！"但此时，那种冲动已经淡去了。她感到失落，没有主见。她犹豫不决地说："我不知道，我觉得我们走错路了，我无法解释。但是你知道，当你在黑暗中醒来却不知道你在哪里，你会移动，然后撞上什么东西，这时你就会清醒过来，知道自己全搞错了——原来这就是我到达目的地最近的路。"

盖尔笑着说："可我们还没有碰到什么东西啊。"

"这是一种非常强烈的感觉。"瑞秋说。

"还没过劲儿吗？"

她绝望地说："我什么感觉都没有了——我迷路了。"

他用一只胳膊搂住她以示安慰。

"亲爱的，你想怎么做？"

一个想法从失落的情绪中蹦了出来。

"我想回去。"

"回温克丽弗悬崖庄园吗？"

"不，我不是那样想的。"

他掉转车头后问道："我们去哪儿？"

"往回开，经过转向斯达汉姆和霍欧特的路口，然后走左边的支路，而不是走去雷德灵顿的支路。"

"那我们要到哪里去呢？"

"那条路通向佩维特角。"瑞秋说。

第三十三章
那个女人是侦探

　　希娃小姐走出房间，关上了门以后，卡洛琳·庞森比又把脸藏在枕头下。她可以闭上眼睛不见阳光，但她无法回避希娃小姐的话。那些话一直萦绕在她的耳畔："你知道什么呢？如果你尽早下决心说出来，对大家都有好处……"这些话一遍又一遍地萦绕在她的耳畔。门轻轻地关上了。她备受折磨，那些话反反复复在她的耳畔回响。

　　当门再次打开时，她把脸埋得更深了，伸出双手捂住耳朵，不听任何声音。她已经不能连贯地思维，只能听任最原始本能的摆布。闭上眼睛，捂住耳朵——让自己变小，静止不动，这样，他们可能以为你死了，或许躲过一劫。她紧贴在床上的时候，每一块肌肉都绷紧了，什么也看不见了，只听见自己血液的跳动声。她屏住呼吸等待着。寂静中没有声音，也没有人碰过她。

她极其谨慎地松开捂着耳朵的手，倾听着，只有她的呼吸声。她等了很长一段时间——或者说只是她觉得很长时间，她才抬起头，四处观瞧，屋里除了她没有别人。门关着，但床头柜上有一张折叠的纸条，纸条上打印着她的名字——卡洛琳。她盯着纸条，然后坐起来，把头发甩到头后面。房间里的每样东西都显得那么坚硬清晰。纸条上她的名字是黑色的，很醒目。

她拿起那张纸条打开，只有几行打印的字，但没有开头。她读了起来：

"趁大家都在吃午饭的时候，最好马上离开，走为上策。那个女人是个侦探。"

恐怖之箭顿时将她刺穿。坚硬清晰的字迹变得模糊不清，打出来的一行行字好像在薄雾中摇晃。过了一会儿，她极力驱散了薄雾，纸上的字迹又清晰可见。她强迫自己读下去："那个女人是侦探。如果你不离开，她会逼你开口的。把你的车开到斯达汉姆的老房子去，我会找借口去那里与你会合，我们可以研究后再决定下一步的行动。你要等我一下，但你必须离开这个家，否则他们会逼你开口。直接把车开进马厩的院子里等我。"

这几行字把她吓得不轻。她坐在那里盯着那几行字和理查德的名字。理查德——理查德——理查德——不，她决不能考虑理查德了，当务之急是必须考虑逃走。

她跑到门口，锁上了门，当她手里拿着钥匙站在那里的时候，她听到了午餐铃响。如果有人来询问她的病情怎么办？如果瑞秋来——肯定是瑞秋——想到这里，卡洛琳的心沉了下来，她最担心的就是瑞秋来看她。"但如果我把门锁上，那就没人能进来了。"她把前额靠在门上，闭上了干涩的眼睛，眼睛在眼帘后面灼痛着。她听到了欧内斯特、梅布尔和希娃小姐的声音，听见瑞秋的脚步声，她听见脚步声停了下来，然后走了过去，声音也消失了。

她打开门，回到了床上。艾薇会进来送午餐的，决不能让她看到自己已经起床。

她开始撕掉打印的便条，但她的手在颤抖，纸片洒落了，她还没撕完，艾薇就进来了。

艾薇一走，她就跳下床来。被撕成碎片的字条洒落下来。她把其中的一些收集起来，塞进了衣袋里。

外套——能盖住脑袋的东西——那顶棕色的旧帽子——包里的东西——牙刷、梳子……不，这些无关紧要，她的手抖得太厉害了。那就只带手提包吧。钱——没关系，最重要的只有逃跑。围巾？是的，但要快点，快点，快点！

她走到房子的尽头，经过理查德的房间，然后走下楼梯，直奔车库。车库没有人，瑞秋的车、科兹莫的车和理查德的车都在，那辆"奥斯汀"轿车是她自己的，油箱里的油是满的。

她上了车，稳稳地握着方向盘。她驾驶得很平稳，车库被甩在了后面，空荡荡的雷德灵顿公路被甩在了后面。最可怕的恐怖离她远去了，她不再被困在那个房间里，任何人都能找到她，审问她，折磨她。她走出了困境，溜之大吉了。如果有人想找到她，那比登天还难，没有人会想到去斯达汉姆找她。虚晃一枪就是妙！他们肯定以为她去了伦敦——因为她曾经说过要去伦敦——那是

207

昨天说的还是前天说的？她不记得了，一切都离她远去了。她不再考虑这些事情，全神贯注开车。

刚过两点半，她就把车拐进了去往斯达汉姆老房子的路，路的两边长满了榆树。在这条路与去伦敦的路之间，右边有一家废弃的旅馆。卡洛琳开车穿过长满青苔的柱子，沿着长满青苔的车道来到马厩的院子里。

斯达汉姆的老房子空置了二十年了。这是一座摇摇欲坠的大房子，看不出属于哪个年代，完全没有现代化的便利设施。这座丑陋的房子有三十间卧室，一间浴室，没有电灯，一次加煤高达一顿多，因此没有人愿意买它。房子很可能就这样一直空置下去，直到坍塌为止。

马厩的院子被围得很严实，它散发着特殊的冷气，到处是被人遗弃的感觉。这里没有什么可以吸引人的地方，年复一年，无人光顾。房子的墙壁脱落了，外屋都是空着的并且上了锁，马厩几近坍塌。

卡洛琳靠在车座后背上，闭上了眼睛。天气很冷，周围死一般的寂静。她本想一个人清静清静，现在她的愿望实现了。此情此景，孤独感开始像潮水一样涌上她的心头。

第三十四章
遇到了大麻烦

盖尔·布兰登说："前面的雾太大，还有多远啊？"

"我想下一个村庄是米尔斯特德，我们本应该问问路的。在雾中，一切看起来都不一样。"瑞秋怀疑地说。

"如果真是米尔斯特德呢？"

"那大概还有三英里远了。"

"争取天黑前赶到。"

"天就快黑了，现在快四点了。"

他看了看她一会儿。

"急什么，亲爱的？"

瑞秋一脸的抗议，脱口说道："不急——没必要着急，是你说要在天黑前赶到嘛。"

他的注意力又回到了路上。

"我知道，是我说的。但你以为我没有感觉到你坐在我旁边心急如焚吗？甚至当我开到每小时五十英里的时候，你还嫌慢，开到一百你也不觉得快。你在想什么，瑞秋？"

她双手合在一起。

"什么也没想——我只是想快点到那里。"

盖尔·布兰登皱起了眉头。

"不想告诉我就算了，但我们坐得这么近，我知道你现在很害怕。"

他们离得太近了，他感到了她的战栗。她快速地说道："你相信别人的想法会被另一个人感知到吗？此刻，我正在为此而害怕。"

盖尔·布兰登说："那你最好告诉我这件事。如果你对我没有隐瞒，你会感觉好些，因为我能看出你有秘密瞒着我，看出来了我肯定要追问你，所以，马上告诉我会省下一大堆麻烦——你有什么秘密呢？"

她把手伸到他的手臂里。

"当我们要去伦敦的时候，我说'停车！'我告诉过你我不知道为什么这么说，这是真的。好像有什么东西驱使我说的，但当时我确实不知道是什么，但现在我知道了。就在我离开温克丽弗悬崖庄园之前，希娃小姐问我卡洛琳会不会去别的地方。我们一直在谈论她要去伦敦科兹莫的公寓，她问我有没有别的地方可去。我告诉她佩维特角的情况，她像别人一样说：'多么奇怪的名字！'我告诉她，房子是建在一个老井上面的，佩维特角是法语'井'字的变体。我告诉她，卡洛琳讨厌那个地方，她不会去那里。她一想到厨房的地板下面那口井就恶心。当然有井盖，但她还是很讨厌那里，所以我敢肯定她不会去那里。但是——哦，盖尔，正是那口井让我喊'停车'的。"她的手死死地抓着他的手臂。

"哦，亲爱的，继续说下去。你想到了井……"

她靠在了他的身上。

"当时我不知道是井驱使我喊停车。什么东西让我一惊，我就喊停车了。后来，当你掉转车头的时候，我才知道就是那口井在驱使我。我记得她很害怕井，有时，你也会害怕什么东西。盖尔，你说是不是由于卡洛琳想到井，我才想到了呢？"

秘密说出来了。她木然地坐在那里颤抖着。

他用左臂搂住了她。

"你这是庸人自扰。"她为什么要想到井呢？

她犹犹豫豫、结结巴巴地说："我不知道，总之，我想到了井。我不是庸人自扰，我确实一惊。为什么我会突然想到那口井？除非有人在考虑这件事吗？卡洛琳——井，井总是让她很害怕。"

他紧紧地搂着她。

"对我来说，这听起来不太合理。"

"是不合理，"瑞秋绝望地说，"那些已经发生的事情根本就不合理。他们就像噩梦中出现的事情一样，毫无道理可言。但是，盖尔，它们太可怕了——既邪恶又荒谬。"

"冷静，瑞秋！你必须保持冷静，我也一样。这里我们直走还是转弯呢？"

"直走。前面转向林福德，就快到了——最多还有两英里。"

"那就好。你表兄经常到这儿来吗？"

"科兹莫吗？夏天大部分时间他都住在这里，从九月底到现在没有来过。冬天他不喜欢待在这里。"

"卡洛琳呢？"

"她根本不喜欢这里。"

"那我不明白……"

她小心地稳了稳声音说道："她遇到了大麻烦，但我不知道是什么麻烦。这是我的过错——我本应该了解清楚。我不喜欢干预她和理查德的事，但我不应该任由事态发展了这么长时间。"她停下来，迷惑不解地看了看他，"其实也不是很长，你知道，根本不长，只是这一周似乎有一年那么长。"

盖尔·布兰登说："亲爱的，快结束了。"

第三十五章
井

汽车停了下来，雾气弥漫，天已经黑了。

"你说这是一个角落吗？"盖尔说，"因为在雾中把车停在一个角落里是自找麻烦，当有人看见车灯时，那一定已经撞上咱们的车了。"

"是的，这是一个角落。如果你往前开，就会看见有一个出口直通农田。你可以把车开到那里去。"

说起容易做起难。一是很难找到这个出口，二是当被发现时，还要把车倒着开进去。路很窄，垄沟很深；一根荆棘划疼了她的脸颊；一股稻草和奶牛的气味；手电筒的光束从难以穿透的雾墙中反射回来，晃得他睁不开眼；有时他无意间撞到她的身上——这些情景让瑞秋想到接下来的几分钟里会怎么样。看到盖尔的眼睛，瑞秋吓了一跳，他的眼睛怪怪的，正在黑暗中寻找着她。

把汽车停在农田后，他们手牵着手开始寻找房子的边门。犁沟很深。小路的一边是一条沟渠，另一边是冬青树篱。他们沿着冬青树篱摸索前行，却发现这样虽然安全，但很不舒服。最后，他们找到了边门，进门后是一条石子铺就的小径，小径上长满了未经修剪的簇簇野生玫瑰，玫瑰经过整个夏天的生长散发着潮气，潮气打在脸上或者探索的手上。瑞秋发现，你可能对一个地方很熟悉，然而，在这样的雾中也会迷失自己。她知道他们必须绕着房子走，但是他们不是碰上软土，就是撞上坚硬的墙壁，最后，他们终于成功了。火炬不起什么作用，它只照亮了小径，别的什么也看不见；但当他们发现工具棚的时候，火炬确实起了作用，帮他们找到了钥匙。钥匙挂在墙上的钉子上，锈迹斑斑——那是一把拴在拖弦环上的很大的老式钥匙。

接下来是后门，费了很大劲才把钥匙插进锁里。瑞秋一直都抑制着自己的恐惧，不断提醒自己："这里没有人，没有车，没有灯光，没有声音，什么都没有。"钥匙插到了底，锁竟然很容易就打开了。门开了。瑞秋伸手去接火炬，黑暗中没接住，听见它掉在他们之间的石阶上，他们不约而同地发出尖叫。他们的手合在了一起，她想让他捡起来。但是火炬掉在石阶上，不管布兰登怎么吹，火炬还是点不着了。

"如果我是个烟民，我就会有火柴，"他懊悔地说，"我从来没有想到吸烟还有用途，此刻就有用武之地了。"

"梳妆台上会有火柴，"瑞秋说，"还有一支蜡烛。你站在这里别动，我去找火柴。我知道火柴在哪里。"她走了一步又停住了，她伸出双手，眼睛极力去适应黑暗，耳朵也紧绷起来。但是没有必要紧张，那个让她停住脚步的声音在空荡荡的屋里响着，那是世界上最普通、最舒适的声音——时钟的嘀嗒声。

瑞秋站在那里一动不动，静静地听着嘀嗒声。她非常了解这座钟，那是放在梳妆台上的一座廉价老古董钟，每天快五分钟。她转身紧张地说："盖尔——钟——在嘀嗒嘀嗒响。"

黑暗中，他在她身后大笑。

"钟都这样响啊。"

她突然倒吸一口气。

"一个月不上发条就不会响。这座钟八天一上弦，科兹莫自从九月底以来就没到过这里，他昨天还这样说，可是，现在钟在嘀嗒嘀嗒响！"

"亲爱的，任何人都可以用那个钥匙开门进来。咱们去拿火柴吧。"

他从她面前走过去，但她抓住了他的胳膊。

"等等！盖尔，请等一下。我不想这样进去。没有光亮我就不往前走了。你的车里有火柴吗？"

"没有，但是还有一个火炬，我留着备用的。要我去拿吗？这离农田很远啊。"

瑞秋犹豫了。梳妆台的火柴只有几码远，跌跌撞撞去车里取火炬？这不合理。她犹犹豫豫地说了声"不用了"，然后向前走了半步，突然感到一阵恐惧，失去了理智。

此刻，她心中只有世界上最古老的恐惧：陷阱，这是未知黑暗中的恐惧，她退却了。当盖尔·布兰登经过她的时候，她抱住了他。

"没有光亮，我就不去了。有……"

她听见他笑了起来。

"这个地方就是潮气太重，闻起来像在井里一样。"

听他这样说，瑞秋明白了。她说："你就在这里等我——不要动，你能答应我一动不动吗？"

"为什么？"

"你答应吗，盖尔，答应吗？"

"你不让我动，我就不动。"

瑞秋松开了他的胳膊，开始沿着屋子的边缘摸索前进。首先来到水槽边的角落，再到储藏室的门，又到梳妆台。摸索，一直摸索。她用左手摸着墙，右手伸出去在黑暗中摸索，在空空的黑暗中摸索着。

她来到梳妆台，顺着梳妆台摸索着，直到她的手指碰到了火柴。她划着一根火柴，微弱的光亮让人目眩，而后熄灭了。但她已经看见了一个老式的黄铜烛台，烛台上还有燃了一半蜡烛。她背对着门，又划着了一根火柴，这一次她看到了蜡烛芯。她点燃烛芯，火苗摇曳不定，差点熄灭，然后蜡融化了，火苗明亮清晰起来。她转过身，手里举着蜡烛。他们俩各自站在井的两头离井一码的位置，敞开的井口就在他们之间。如果她再往前走一步就掉进井里了。井有几百英尺深，三年来，全国一半的水井都干了，唯独这口井里面有二十英尺深的水。此刻，这口井就在她和盖尔之间——这口五六百年前挖的老井，为人和牲畜提供饮用水。她的思绪静止了，无法从井边移开。

她稳稳地举着蜡烛，就像蜡、黄铜烛台和她的胳膊是一体的一样。她盯着盖尔，他僵硬地站在那里也盯着她看。然后他绕过井，小心翼翼地走过来，从她手里接过蜡烛，把它放在梳妆台上，双臂抱住了她。

他们就那样站着紧紧地拥抱在一起，彼此都不说话，甚至屏住了呼吸，因为死亡近在咫尺，生命显得格外甜蜜。

他捧起她的脸亲吻起来，她感觉到他在流泪，这让她非常感动。她的眼睛是干涩的。现在面临危险的是她而不是他。如果她再往前走一步，他会在黑暗中听到什么呢？想到此，她的心不由自主地收紧了。她会惊叫一声，但井会很快把她的声音淹没，紧接着是落水的声音——沉落——可怕的沉落。

她极力安慰着他，就像大人安慰刚刚因醒来而害怕的孩子。安慰的话语结结巴巴、断断续续。她的眼里也噙满了泪水，心中充满了对他的爱。他搂着她，吻掉了她的眼泪。他们搂抱得那么紧，仿佛在表白结婚誓言——彼此相爱，互相珍惜，不离不弃，白头偕老。

他们很不情愿地慢慢分开了。烛光照亮了房间，后门阶的门开着，水槽上有一个锡罐，一张牌桌靠在左边的墙上，木制井盖斜靠在牌桌上，井盖很潮湿，那是水汽造成的。

盖尔松开了她的手，走了过去。他摸了摸井盖，扭头说道："他们会这样让井口敞开着吗？"

瑞秋说："从来不会。"

在她的脑海里，文字形成了——那是她相当熟悉的歌词，但现在她只记得歌词的开头："他们已经挖一个坑……"歌词反反复复在她耳畔回响，"他们已经挖了一个坑——他们已经挖了一个坑——他们已经挖了一个坑。"但她不记得歌词是怎么结束的了。

盖尔回到了她的身边。

"瑞秋，这意味着什么呢？"

她说不知道。但这不是真的，因为答案就在挥之不去的歌词之中："他们已经挖了一个坑……"

第三十六章
自杀假象

他们站得很近，但没有身体上的接触。蜡烛在他们身后的梳妆台上，烛光把他们的影子投到井上、凹凸不平的砖墙上和潮湿的石头台阶上。两个长长的影子躺在那里，一动不动。

最后，盖尔说："你在想什么？最好告诉我。"

她转向他，用一种奇怪的声音说道："有人给时钟上了弦，有人打开了井盖。"她转身指着说，"时钟的时间是四点半。它每天快五分钟，现在准确的时间是多少？"

他们一起看着他手腕上的手表，时针指向四点四十五分。

他说："那么钟是昨天上的弦。"

瑞秋说："是的。"

"上弦的人打开了井盖，为什么呢？"

她对此没有回答。

"但时钟,"盖尔·布兰登说,"我无法理解。我能理解取下井盖的目的,但为什么要给时钟上弦呢?"

瑞秋感到双脚很冷。只有一个人手不离钟,如果科兹莫昨天来过这里,肯定是他不由自主地拿起钟上了弦,就像他不由自主地呼吸一样,因为时钟本应停止的,它应该停了近六周了。科兹莫永远不会看着时钟停止了而不上弦。但科兹莫自九月底就没有来过这里,他昨天还这样说了。

有人来过这里,有人给钟上了弦,给钟上弦的人打开了井盖。

"他们挖了一个坑……"

她慢慢地转过身来,看着盖尔。他的眼睛里流露出震惊与坚定。

一个最可怕的念头浮现在她的脑海,她突然感到口干舌燥,说道:"卡洛琳!"她说不下去了,但她的眼睛说出了下面的话。她痛苦地说道:"她在我们之前来过这里了吗?我们来晚了吗?"

他说:"不,不可能,门是锁着的,钥匙在棚子里。"

瑞秋的手伸向了她的喉咙。

"他可以把它再放回那里。"

"谁?我的上帝,瑞秋,快说啊!"

她摇了摇头,低声说道:"我不知道。有人打开了井盖,想杀死我。也许卡洛琳知道是谁干的……"

"瑞秋,别这样!她没有来过这里,"他停顿了一下,补充道,"还没有来过。"

"你怎么知道?"

"很简单。如果这个陷阱是为卡洛琳而设的,并且她已经掉进井里，设置陷阱的人怎么会把房门锁上，敞着井口离开呢？你应该知道他不会这样做的。他做的第一件事就是盖好井盖。"

瑞秋两次欲言又止，最后她说："除非他想制造假象，让人以为她是自己掉下去的。"

盖尔抓住她的肩膀，轻轻地摇晃着她。

"亲爱的，醒醒，你在做梦吗？如果有人打算制造自杀的假象，他应该让门敞开着，就像现在这样，钥匙挂在门上。不要自己吓唬自己了，卡洛琳没有来过这里。"

"那么她在哪里呢？"瑞秋嘴唇颤抖着说。

"亲爱的，除了这里，还有好几个地方呀。"

她一只手拉住他的胳膊，盯着那口井。

"他是有目的，他是想让人进来，掉进井里，像我们一样。哦，盖尔——刚才，我再迈一步就掉进去了。"

她的手突然抓紧了他。他转过头，他们都屏住了呼吸。

"有人来了。"他说。

开始时，瑞秋什么也没听见，后来她好像听到不知哪个方向传来了模模糊糊的声音，可能是汽车的声音，但她听不清是到来还是离去。屋檐和冬青树篱处的雾气变成水，滴落下来。

微弱的疾走声像老鼠、鼹鼠，或者兔子一类的小动物受到惊扰时发出的声音，它们可能潜伏在黑暗中。声音由微弱变得清晰可辨，脚步声走近了。

她抓着盖尔，他们注视着门。

莫德·希娃小姐从雾中走出来，站在门口向屋里张望。她的穿着像平常一样，随意而不失整洁———一件三季可穿的黑布夹克，领口和袖子处的棕皮已经磨破了，还有一件稀奇的头饰，一半有檐，一半无檐，头饰的材料跟夹克一样，镶边的皮子明显是下脚料。她的左手腕上挂着带闪亮扣环的手提包。她那戴着黑色羊皮手套的手扶在门框上，往有烛光的房间观望。

有两扇门，一扇通向左边的水槽，一扇通向右边的梳妆台。敞开的井口，粗糙的砖砌地板凹了进去，盖上井盖就一般平了。但井盖斜靠在右边的桌子旁。井那边的有两个人正在盯着她，他们的眼神好像见到了鬼，而不是莫德·希娃。

希娃小姐不记得最后一次受到惊吓是什么时候，但是她现在很害怕。她小声说道："哦，天啊！"她鼓起勇气，对盖尔说道，"布兰登先生，卡洛琳小姐在哪里？"

盖尔·布兰登说："不在这里。"

希娃小姐跨过门槛，关上了门。

"你确定吗？"

"相当确定。"盖尔平静地说。

"为什么？"

他把安慰瑞秋的话又说了一遍。

"我们发现门锁着，钥匙在棚子里的钉子上。这口该死的井，瑞秋差点掉进去，有人故意打开了井盖。"

"卡洛琳小姐。"莫德·希娃说。

"那就是说我们抢先来到了这里。如果有人伪造自杀现场并且得手的话，门也不会被锁上，钥匙也不会在棚子里。如果是谋杀的话，谋杀者应该把井盖放回原处。"

"但她随时都可能来，"希娃小姐说，"除非计划出了差错。你知道，计划确实有误，浊骨凡胎难成功。"

在此期间，瑞秋既没有说话也没有动，但现在她把手从盖尔的臂弯里抽出来，向希娃提出了她自己的问题。她痛苦地问道："卡洛琳在哪里？"

希娃小姐说："我不知道。我想她要么自己来这里，要么被带到这里，对此我感到很有把握。我一直很担心，怕我来这里晚了，大雾把我们耽搁了。"

"我们？"

"特勒赫恩小姐，我自作主张雇用了你的司机和汽车。他是最忠实可靠的人，也是非常谨慎的司机。他正在把车开到安全的地方，然后来这里。我们应该为他的到来感到高兴。现在最重要的是我们不能让外面看到光亮，这扇门要锁好，钥匙放到棚子去。布兰登先生，做完这些之后，你来前门，我放你进来。"

他走后，希娃小姐绕过井，拿起蜡烛，穿过厨房，来到起居室。旧房梁很低矮，把无数的阴影分离开来。前门一打开就是房间，那边的角落里有一个非常陡峭狭窄的楼梯通向上面。这里的地板也是砌的，有一两块地毯铺在上面。房间里很冷，壁炉处很干净，光秃秃的。通风口的气流从楼梯处灌进来，空气中弥漫着淡淡的烟草味。有三扇小窗子，门的两边各一扇，左边的墙上一扇，窗子上都挂着色彩鲜艳的印花棉布窗帘。窗帘后面是木制的密实的百叶窗，被老式的铁条固定着。

希娃小姐伸手抽出门闩，打开了门，然后对瑞秋说："瑞秋小姐，我们只能尽力而为了，我想他会把她带到这里的。"

瑞秋用严厉的口吻——她自己都感到陌生——对她说："你为什么不去报警？"

希娃小姐沉着地看着她。

"我能对他们说些什么呢？我知道是他干的，但我没有证据。你不能无凭无据地控告一个人。我肯定昨天晚上就是他把你推下悬崖的。我确信他还会以其他方式再次谋害你。如果我对你指控他，你会相信我吗？我认为你不会，因为我没有证据——一点儿证据都没有。一个陌生人想打破多年建立起来的亲人间的信任，光凭嘴是不够的。我认为最好保持沉默，同时密切关注你。但在今天午餐铃响起之前，我还不知道卡洛琳小姐可能也会有危险。我责怪自己，我本应该果断出手。但我必须承认，我低估了对手。他很狡猾，他铤而走险，在我们在吃午饭的时候，他设法让卡洛琳逃走了。"

瑞秋打断了她。

"她已经走了三个多小时了。希娃小姐，她在哪里呢？她一个半小时就可以到达这里啊——下雾之前就该到。"

希娃小姐摇了摇头。

"她当然不会直接来这里的，那跟他的计策不符。他想让她在黑暗中掉进井里，因此，她到达这里的时候天应该黑了。信上撕掉的那块应该告诉她在哪里等他，等他认为安全的时候，他会把她带到这里来——如果他想制造自杀的假象，他会让她开自己的车来。家里的每个人都会说她是多么的反常和压抑。没有搏斗的痕迹，没有人碰过她的痕迹。他会连夜赶往火车站，坐火车进城。是的，我认为他是想伪造自杀现场。"

　　房里的寒冷一定穿透了瑞秋的皮肤，她感觉浑身冰冷。寒冷渗入到她的骨头里，她的心冷透了。还有比寒冷更可怕的——担心。她用一种冷冰冰的声音平静地问道："假如她不来怎么办？她害怕这个地方——她讨厌这口井。如果他先杀了她怎么办？这些你想过吗？"

　　希娃小姐说："想过。"然后她又快速补充道，"推测没有用。我们不能老往坏处想，我们需要冷静和勇气，布兰登先生就是这样的人。"

第三十七章
深渊边缘

后来，瑞秋把接下来的半小时看作她一生中最难熬、最可怕的时光，等待结束的时候更可怕。

起初，她太冷了，冻得她麻木了。希娃小姐在自己的教室里练就了严谨高效的作风，她自然成了指挥者。她单独与盖尔谈过，他们让司机巴洛进来并跟他谈话。最后他们各就各位：巴洛在厨房里，窗帘上再挂上桌布，外面一点看不到烛光；瑞秋和盖尔在一起，后门开着，他们隐藏在门后，来人看不见。希娃小姐在门的另一边，也就是井和贮藏室的中间，贮藏室的门开着作为退路，一根木头放在她身边的地板上。

瑞秋的目光扫过那根原木，烛光中却没有看到它。但当她站在黑暗中等待的时候，一个画面浮现在她的脑海，就像破碎的映像在水面平静后重新恢复原状一样。那是一个奇怪的画面：希娃小姐和那根木头。希娃小姐把沉重的木头推到井边。真奇怪！她对她的行为没有多想，但又忍不住去想，因为木头就在眼前。

储藏室里的寂静和寒冷笼罩着他们，黑暗无法打破——黑暗只能感知得到。潮湿带着腐烂的气息从井里冒出来。尽管极不情愿，瑞秋的思绪还是慢慢地回到了井上。井太古老了，比房子的年龄高出两倍多，井上的房子已经矗立三百多年了。一口老井，很深，很危险。这是第一次有人利用它暗藏的危险吧？难怪卡洛琳害怕井。

麻木感没有了，她的心七上八下。想到卡洛琳，她浑身发抖。

盖尔双手扭动她的肩膀，使她朝向自己。他搂着她一次又一次地亲吻她。她的心里痛苦与欢乐交替出现。她想："不能这样继续下去了——我要死了。"随后又想，"这种感觉不是死亡，而是重生。"然后她索性不再思考，时间也停止了。

电话铃声响起，把她的思绪又拉了回来。电话铃声在起居室响起，由于两扇门都关着，电话铃声听起来如鬼魅般的声音，就像半睡半醒时听到的声音一样。

希娃小姐立刻说："特勒赫恩小姐，你去接电话，小心那口井！"

瑞秋心想，她怎么能忘记那口井呢？她离开盖尔的怀抱——离开温暖、呵护和舒适，沿右边的墙绕过去，经过牌桌，来到厨房的门那里，事实上，当她走过牌桌时，她的手和臀部甚至碰到了井盖，碰到井盖那一刻，她不由自主地打了个冷战。

巴洛在厨房里，笔直地坐在椅子上，蜡烛放在他旁边的桌子上，摞起的书籍和平底锅的锅盖遮住了烛光。她打手势，示意他不要站起来，然后走进起居室，门敞开着。

电话在窗户旁的墙上。铃声再次响起，此时的铃声大得可怕。她的心"怦怦怦"跳个不停，拿起听筒的手颤抖着，而后又变得僵硬，不听使唤，因为听筒里理查德的声音不停地震动着她的耳膜："喂，喂，喂，你是谁？有人吗？"

理查德——但理查德……有什么好说的呢？

她把左手放在她的喉咙上，勉强说出他的名字。

"理查德……"

他的声音连珠炮似的向她袭来。

"你是谁？是瑞秋吗？噢，谢天谢地！"

瑞秋·特勒赫恩极力控制着自己的情绪。

"是的，我是瑞秋。"

"卡洛琳在哪里？"

"理查德，我……不知道……"

"她在哪里呢？她没有去科兹莫的公寓。她的车不在车库里。我想起了别墅，开始往那里赶，但该死的雾太大了。我想打电话给她，我正在往那里赶，如果她在那里的话，告诉她我很快就到。"

瑞秋平静地说："理查德，她不在这里。希娃小姐认为——她可能在来这里的路上。"

他不无恼怒地说："已经过了四个小时了！她离开温克丽弗悬崖庄园将近四个小时了！"

"希娃小姐说……"

他粗暴地打断了她。

"你在别墅干什么？希娃小姐——她在做什么？"

她失控了，声音变得畏畏缩缩。

"她来……找……卡洛琳。我跟盖尔……一起来的。卡洛琳不在这里。希娃小姐想……我们在等着，看她是否会来。"

电话里传来的声音不知是笑声还是牢骚："那我也跟你们一起等吧。我会尽快赶到那里。"

"你在哪里？"

"林福德。"

她听到对方放下听筒的声音，电话断了。

但是她忘了警告他不要来佩维特角，现在晚了。

她挂上电话，穿过厨房，打开了那扇更远处的门。

但是当她打开门的时候，她听到后门传来开锁的声音。她立刻来了精神。她感到一种生死攸关的恐惧和刺痛般的兴奋，部分是恐惧，还有一种令人震惊的解脱，因为现在等待终于结束了。她躲在门后面，专注地听着。

锁打开了，后门把手在转动，门一打开，正好把盖尔隐藏起来。直到这时，他才开始行动，向前走到门旁做好了准备。她看见门口的光线打破了房间里的黑暗，还有一个东西——哦，那是一个人，就像影子站在那里。影子站在那里，没有移动。然后，从雾中传来一种愉快的声音："好孩子，把蜡烛点着，直接走过去就是梳妆台，那里有火柴，还有一支蜡烛。"

门口的影子动了，传来卡洛琳微弱的声音："太黑了。"听到这微弱的声音，三个人心里说："感谢上帝，终于来了！"

男人的声音又从雾中传来，言语中带着一种嘲弄。

"怕黑吗？可怜的孩子，你太疲倦了！最好赶紧点燃那支蜡烛。我腾不出手，快点，孩子！你不想喝杯茶吗？我可想喝了。"

卡洛琳说："哦，想喝！"她向前迈了一步。就在这时，盖尔的手臂抱住了她，她发出了一声尖叫，莫德·希娃小姐把井边那根沉重的木头推入井里。好像过了很长时间才传来落水的声响。

没有第二声尖叫。即使盖尔·布兰登的手没有捂住她的嘴，卡洛琳也不会再尖叫了。因为二十四个小时以来，她一直行走在深渊的边缘。现在她任由自己从边缘滑了下去，她在下沉。

有一点你忽略了，卡洛琳到了井边。她并没有完全失去意识，但她不再在意发生了什么事。

希娃小姐无声地走了回来，直到她碰到了储藏室的门框。她站在那里，手握着门，随时准备推门或拉门。

瑞秋一动不动。她已经意识不到自己的身体。她站在那里充当审判员的角色。她是正义的火焰。

她望着门口等待着。第二个影子出现了，就像刚才卡洛琳那样站在那里。时间过得很慢，又很快——

科兹莫站在雾和井之间，正在喘着粗气。他瞪眼望着黑暗，耳畔还回响着尖叫声和落水的声音。他的眼前一片黑暗，但他是安全的。他只需避开井，点燃梳妆台上的蜡烛，把井盖盖好，然后溜之大吉。没有人会说他曾经来过这里。如果没有大雾，如果有人跟踪卡洛琳的汽车，他本想让井就那样敞开着，门也开着，车停在外面。但现在他有了一个更好的计划：把井盖好，把门锁上，把车开到远离佩维特角的地方，然后伪造一个不在现场证明。到城里去，打电话给朋友，晚餐后去剧院，灯光，音乐，人群……

他心想，只要到了城里他就安全了。卡洛琳曾经是他的威胁，现在卡洛琳死了——这个小傻瓜。他扬起头大笑起来。让她去死太容易了。

"你这个小傻瓜！"他大声说着，又笑了起来，"你这个该死的小傻瓜！"

这些话在黑暗中飘荡。井里的潮气扑到他的脸上。动手吧！完事溜之大吉！

他跨过门槛，沿左边的墙摸索着来到梳妆台前。钟的嘀嗒声把他吓了一跳。肯定是他昨天晚上给钟上的弦。愚蠢之极！他的手怎么就离不开时钟呢？离开之前，他必须让嘀嗒声停止。

他手里拿着蜡烛和火柴，希娃小姐已经把它们换好了。他划着一根火柴，俯身点燃蜡烛。他一抬头看见瑞秋站在厨房的门口。

她头上什么也没戴，黑色的外套罩在黑色的裙子外面，她的衣服在年久发黑的木头的背景下很不显眼。她的头发依稀可见。她的脸色苍白，流着泪。她注视着烛光，用耳语般的声音说："你把卡洛琳怎么样了？"

科兹莫回头看着她，他点燃蜡烛用的那根火柴还在他的手里。火焰慢慢地爬上了火柴杆烧了他的手，他扔掉了火柴。

第三十八章
"他们挖了一个坑"

　　卡洛琳在门后黑暗的阴影中动了动，是盖尔·布兰登把她放倒在那里，她是屈膝倒下的，她不知道，也不关心接下来发生了什么。但是现在她动了起来，睁开了眼睛，借助烛光，看到了盖尔站在她和屋子之间，瑞秋的声音让她醒过神来。

　　她想到的第一件事就是如果瑞秋在这里，她就是安全的，那熟悉的声音给她安全感。她的眼皮开始下垂，随后又一个可怕的想法让她一惊，顿时睁大了双眼。如果瑞秋在这里，那就不安全了。她眼前的男人离开门口向前走去。卡洛琳蹲起来，而后又站了起来。她逃离了瑞秋，而此刻瑞秋就在眼前。她必须再次逃跑。如果她留下来，他们就会逼她开口说话。她不能开口，决不能开口！

　　她抓住门框绕过去，走到台阶上。她还要再走几步，走到车里，开着车消失在雾中。为了理查德，她必须逃走。他的名字就像一根刺把她扎醒了。她听到瑞秋在她身后的房间里紧张而低沉地说："你做了什么，科兹莫？你明知道井口是敞开的，你却让卡洛琳进去，听到她的尖叫，你却大笑，我听到你笑了。"

"你最好没有听到。"科兹莫·弗里斯说。

瑞秋说："对我们俩都好吧。"卡洛琳听到这话转过身来，回头往房间里张望。

这时，她看到了她之前没有看到的东西——敞开的井口。科兹莫站在梳妆台前，瑞秋斜靠在厨房的门上。

盖尔·布兰登站在斜靠在桌子旁的井盖处，他正在注视着科兹莫和瑞秋，但是她认为他们没有看到他，他们只能看到对方。

卡洛琳也注视着。瑞秋的话语在她的耳畔回响——"你明知道井口是敞开的，你却让卡洛琳进去，听到她的尖叫，你却大笑。"她注视着科兹莫，就好像她第一次看到他一样。所有的亲切感顿时消失了。即使是她现在身心疲惫，她也能感觉到他给她带来了危险。如果一条狗那样盯着你，你会小心翼翼地走开。但科兹莫对瑞秋恨之入骨，脸都扭曲了。

卡洛琳张开嘴想喊叫，但没有发出声音来。她离台阶只有一码远。她试图移动，但她没有力量。瑞秋和科兹莫在屋里说话，瑞秋的话她没有听清，但她听到科兹莫说道："我一直恨你。"

盖尔·布兰登向前跨出一步，他觉得科兹莫太过分了。他站在瑞秋和科兹莫·弗里斯之间，说道："够了！你让那个女孩去送死，你罪责难逃！"

他的声音压过所有低沉的声音，不知他突然从哪里冒出来的。

科兹莫的确吓了一跳，呆住了。他挺直身子，退后几步，打量着盖尔，他的目光让卡洛琳想到了疯狗。理智告诉他胜算还是有的，车还在，他可以开车逃往法国。他们毕竟没有证据，他们永远无法证明是他打开了井盖。瑞秋不愿意让警察介入……不，他们肯定会来的，卡洛琳已经死了，这不过是意外死亡。没人能证明不是意外死亡。

情急之下，他迅速做出决断，大声说道："我无须负什么责任，这不过是一场意外，一切都结束了。"

说完，他昂首挺胸，转过身去，像刚才那样绕过井边，走过储藏室和水槽，希娃小姐看着他离去。然后，他走到敞开的门前，顿时呆住了，卡洛琳就站在他的面前！他看到她那张被雾水打湿了脸，她的眼睛大而无神，那双眼睛直视着他，哇！那是淹死鬼的眼睛！她纹丝不动地站着。一切都静止了。当她伸出手来的时候，他突然失去了理智，语无伦次地高声尖叫着后退，极力避开卡洛琳的手。

盖尔·布兰登想抓住他，但为时已晚。门口离井不过三步远。突然，他一脚踩空，失去平衡，双手抓挠着，掉进了井里。

瑞秋那首忘了结尾的歌词有了结尾：

"他们挖了一个坑，自己掉进去了。"

第三十九章
希娃的推论

调查结束了，死因定性为意外事故。陪审团建议，井应该永久性封死或安装护栏。大家一直非常紧张，但嫌疑一一排除，他们终于可以松口气了。

"瑞秋小姐，你能描述一下当时发生的情况吗？"

这位头发灰白的验尸官是她近二十年的朋友，谢天谢地！

瑞秋说道："我和布兰登先生发现井盖敞开着，我差点儿就掉进去了，我们告诉希娃小姐当心这口井。布兰登先生和希娃小姐留在了储藏室，我去接电话。当我回来的时候，门开了，卡洛琳·庞森比小姐进来了，而布兰登先生把她拉了过来，她才没有掉进井里去。弗里斯先生跟着她走进来，他来到井旁，点燃了一根蜡烛。"

·"房间里很黑吗？"

"是的。"

"为什么？"

"厨房里有一支蜡烛。我跟弗里斯说敞开井口的危险性。"

"吵架？"

"不——不是吵架。我很恐惧。"

"他跟布兰登先生有什么争执吗？"

"没有。布兰登告诉弗里斯，他要为敞开井口负责任。弗里斯先生转过身去，走到门口，正好与庞森比小姐打了个照面。他大概是没想到会见到她。他惊慌失措，他一定是忘记了那口井。他连连后退，布兰登先生来不及抓住他，他就失去了平衡，掉进了井里。"

"布兰登先生没有接触到他的身体吗？"

"哦，没有。"

"有人接触到他的身体吗？"

"没有。"

盖尔·布兰登的证词与瑞秋的一样，然后她说道："弗里斯掉进井里之后，你们做了什么？"

"希娃小姐给警察打电话，我和司机找了根绳子。他一定是一下子就沉下去了。我们尽力了。"

"这点我相信，布兰登先生。哦，还有一件事——你能对井里漂浮的木头做出解释吗？"

"能。木头放在井边，它是被推下去的。"

"你看见了吗？"

"是的，我看见了。"

希娃小姐镇定地给出精确的证词：

"弗里斯先生掉下去的时候，你在哪里？"

"我就在储藏室里，先生。"

"你为什么在储藏室里？"

"当弗里斯进门的时候，我就在门里退后，我是想给他留出空间，让他安全地绕过井。"

"从头到尾都没有人接触过弗里斯先生的身体吗？"

"没有，先生，没有人碰过他。"

"他看到庞森比小姐惊呆了，连连后退吗？"

"是的，先生。"

他们都给出了自己的证词，说的都是真话，只是没有人提及最关键的部分，因为这一部分将把意外死亡变得更阴险更可怕。验尸官可能有他自己的考虑，他也没有问他们，至少在现场没问。陪审团做出裁决后解散了。

饶舌者说此案很蹊跷：

"那么大的雾，他把姑娘带到他的住处想干什么？肯定心怀鬼胎。"

"她吓得要死，因为她害怕他们逼她开口。"

"验尸官没有为难她。"

"有趣的是，他们每个人的口供都是一致的。"

"我本人对弗里斯的印象还不错，但他们都说……"

七嘴八舌，莫衷一是。

调查结束了，裁定结果出来了，悬了九天的心可以放下了。生活还将继续。

但在这个家庭里还有另外一笔账需要清算。公布内部调查结果比公布赤裸裸的真相更有意义，只有这样，生活才能得以继续。

理查德·特勒赫恩来到佩维特角，发现瑞秋坐在台阶上，卡洛琳在她的怀里失去了知觉。人们进进出出，有人拿着绳子（绳子太短），警察忙前忙后，他们都在为井口安装护栏。他把瑞秋和卡洛琳带回温克丽弗悬崖庄园，此后，他再次看到卡洛琳是在拥挤的死因裁判法庭上，她的表情痛苦不堪。

此刻，他看到她坐在瑞秋起居室的沙发上，内部调查即将在这里开始。他站在门口，只看见了卡洛琳，没看见其他人。他对科兹莫的愤怒让他几近失控。她看起来那么憔悴不堪，但是他们四目相对时，他发现她的眼睛依然那么清澈，比大海还要清澈，让他想到了雨后的蓝天——只是卡洛琳的眼睛是棕色的。他走上前拉起她的手，吻了一下，坐了下来。

瑞秋和盖尔·布兰登也在场；希娃小姐穿着一件很奇怪的灰色连衣裙，看起来好像是用黑带子镶了边；路易莎·巴尼特单独坐在一处，她穿着礼拜服，表情好像在参加葬礼。瑞秋也穿了黑色的衣服，但胸前佩戴的宝石橡枝耀眼夺目，那是她与盖尔共同挑选的。他曾说过，他要把它送给他一生所钟爱的女人，宝石质地温润，晶莹剔透。

一阵沉默之后，瑞秋说：

"今天我们把这件事讲清楚，以后我们就不要再提了。我让路易莎到场——她和希娃小姐知道为什么。希娃小姐有话要告诉我们，卡洛琳也有话说。"

闹闹在炉火前伸了个懒腰，睁开一只眼睛，翻了个身，然后小心翼翼地像猫那样洗脸，只是猫把洗脸看作神圣的仪式，它总是全神贯注地坐着洗脸。闹闹懒洋洋地吐了吐舌头，抚弄着惺忪的脸，不久又进入了逮獾的梦境中。

房间里一片寂静，希娃小姐说：

"瑞秋小姐，你想让我从哪里开始说起呢？"

"你随便吧。"

希娃小姐把椅子挪了挪，此时她可以清楚地看到每个人。天啊！他们的脸色怎么如此苍白啊！只有布兰登除外。他的脸色永远不会苍白。他血气方刚，是可怜的特勒赫恩小姐的精神支柱。财富无疑是一种可怕的责任，也是造成大量犯罪的原因，但是如果你拥有财富，你就必须充分利用它。

她清了清嗓子，咳嗽了一声，开始说话。

"我是应瑞秋小姐之邀来到这里的。她给了我一份她亲戚的名单和一些有关他们的信息。但家人有时并不真正了解彼此的人品，他们的判断容易受到早期交往、风俗习惯和个人偏好的影响。我马上意识到家中存在着这三个因素。瑞秋小姐对理查德先生和卡洛琳小姐信任有加；对莫里斯先生和切丽·瓦德洛小姐正好相反，她认为他们什么事都做得出来；夹在这些极端人物中间的是瓦德洛先生和康普顿小姐，他们激怒了她，但她发现自己没有理由怀疑他们。瓦德洛夫人是她的亲姐姐，她当然不能怀疑她；而对弗里斯，她有着强烈的亲情。"

理查德皱了皱眉说："说这些有必要吗？"

瑞秋做出了回答：

"我想有必要。请继续说下去，希娃小姐。"

希娃小姐继续说下去。

"一到这里，我发现瑞秋小姐遭遇了严重事故。我一度陷入了很大的窘境。本应报警，但特勒赫恩小姐不让，她甚至声称，如果警察介入，她就会否认这一切。因此我必须尽我所能，可以说我从来没有承受过如此重大的责任。我确信瑞秋小姐的亲戚中，有人要谋害她，这个人是个胆大心细，敢于铤而走险的罪犯。我发现我并不是唯一一个有此看法的人，路易莎·巴尼特对此深信不疑，她甚至不顾自身的处境和角色，制造了一系列愚蠢的事故来警告瑞秋小姐。"

路易莎抽着鼻子，她眼睑红肿，噘着嘴。听到她的名字，她就严厉地盯着瑞秋，然后又低头看着她那夹在大腿之间的手。

希娃小姐轻轻地咳嗽了一声。

"她的这些尝试都很愚蠢，相当令人震惊，但我确信她的动机是关心她的主人。瑞秋小姐的确变得惶恐不安，于是，她找到了我。但是，瑞秋小姐在悬崖上遭遇的事故是另一回事。在这种情况下，我立即证明了路易莎无罪。真正的忠诚毋庸置疑，我很清楚她会为瑞秋小姐去死。"

这一次，路易莎没有抬头，嘴边的线条变得更僵硬了，双手握得更紧了。

希娃小姐看向别处。

"我把注意力转向了家庭圈子。我发现在所有人当中，只有弗里斯先生表现出不安、紧张和担心。从一开始，我就特别注意到了弗里斯。瑞秋小姐摔倒后仍在楼上，对在场的每个人来说，我是一个完全陌生的人，一个无足轻重的退休教师，瑞秋·特勒赫恩的保护对象，但弗里斯先生除外。因此，我看到他们都表现得非常自然。他们很有礼貌，但没有煞费苦心地摆出社会交际那一套——他们就是他们自己。瓦德洛夫人说话是因为她喜欢说话，瓦德洛先生生性暴躁，康普顿小姐大谈贫民窟拆除计划，试图引起我的兴趣，理查德先生和卡洛琳小姐沉默不语，因为他们各怀心事。但是弗里斯先生极力讨我欢心，我问自己他为什么要这样做。他那种人，怎么肯把一晚上时间浪费在一个年迈的家庭教师身上呢？他的谈话让我相信他是想用他的才能，他的社会地位来给我留下深刻印象，表白他对瑞秋小姐的忠心。我问自己他为什么如此处心积虑呢？我想到弗里斯先生知道我的身份，以及我来温克丽弗悬崖庄园的目的。

"作为对瑞秋小姐在悬崖上摔倒一事调查的第一步，我要查明所有家庭成员从五点到六点十五分之间所在的位置。仆人不包括在内，但格拉迪斯除外。她的故事让我很感兴趣。首先，弗里斯在五点半按铃叫她，告诉她有人出去时顺便把他的信寄走。其次，她利用这个机会自己出去把信寄走了。为什么弗里斯先生叫她？准备寄走的信件都放在大厅的箱子上，司机刚刚开车去莱丁顿接我，如果这封信不重要，没有来得及让巴洛寄走，为什么又突然变得如此重要，叫来格拉迪斯让人寄走呢？邮箱就在路边，他为什么不自己寄走呢？在我看来，弗里斯先生是想让人们以为在五点半的时候他待在家里，并且他不打算出去。然而，在叫过格拉迪斯之后，他有充足的时间溜出自己的房间，在瑞秋小姐出现之前到达卡普夫人的小屋。没有人会提供他在犯罪现场的证明，弗里斯煞费苦心制造不在现场的证据引起了我的怀疑。"

盖尔·布兰登正站在壁炉的另一边。他一直注视着希娃小姐说话。他突然孩子般地大笑起来，问道："你总是怀疑那个有不在场证明的人吗？"

希娃小姐摇了摇头。

"不总是。但是，如果一个人刻意制造不在现场的证据，当然很可疑。"

"我在想，我没有任何不在现场的证据，"盖尔说，"我就在悬崖上，但我不是有意打断你。"

希娃小姐微微点头，接受了他的歉意。

"我接着说。第二天早饭时上，弗里斯的行为证实了我的怀疑。很明显，瑞秋小姐的手电筒被人动过手脚。理查德先生知道她会在黑暗中走悬崖小径，特意给她换上了新电池。但当她从卡普小屋出来的时候，手电筒发出的光太微弱了，于是她关掉了手电筒，准备走到最坏的路段时再打开。事实上，手电筒的光太微弱，这样，她就无法看清跟踪她的人。现在，弗里斯做了什么呢？他极力想证明是搞错了，手电筒没有问题。要我说，是他自己错了，因为他再一次吸引了我的注意。他一证明电池完好，我就确信他用新电池换下了旧电池，这就是他犯了一个错误的地方。罪犯有一个致命的弱点，他们喜欢画蛇添足。如果他让旧电池放在手电筒里，人们更有可能以为是手电筒导致了事故的发生：电池可能有问题，或者理查德先生不小心装了旧电池。"

理查德·特勒赫恩扬起紧皱发眉头，突然说：

"或者故意的。你不这样认为吗？"

希娃对他微微一笑。

"我当然想到了，理查德先生。但你不可能在那种情况下更换电池的。"

"不可能吗？"

希娃小姐摇了摇头。

"我想不可能，理查德先生。事实上，电池一事跟你的性格不符。请原谅我这么说，你感情丰富，并且很容易表现出来。如果你犯罪，就不会有预谋，也不会在事后掩盖罪证。我分析电池一事跟你的性格完全不符。"

理查德的脸上出现了犹豫的神色。

"你从来没有失误过吗？"

希娃小姐谦恭地咳嗽了一声。

"很少，理查德先生。所以你看，我相信弗里斯先生想谋害他的兄妹。他处境尴尬，她的死会给他带来一大笔钱。瑞秋小姐承认她把遗嘱的草稿放在抽屉里，她很粗心，钥匙到处乱放，我相信弗里斯先生不会错过这样的机会。我很确定凶手就是弗里斯先生，但我没有证据来支持我的判断。瑞秋小姐决定不报警，而弗里斯先生却催促她报警，因为他肯定瑞秋是不会报警的；同时，一旦警察介入，卡洛琳的可疑举止肯定首先引起警察的注意。"

第四十章
真相大白

"卡洛琳，"瑞秋说，"你能告诉我们你为什么表现得如此可疑呢？"

卡洛琳抬起头来，满脸通红，望着路易莎，然后用哀求的目光看着瑞秋。

"路易莎是那些怀疑你的人之一，"瑞秋说，"如果她听不到你的解释，她会一直怀疑你，这对我伤害太大了，所以，我求你说出来。"

卡洛琳低下头，然后对理查德低声说道："请走开——走远点。请不要看着我，我受不了。"

他把她的手放在他的嘴唇上，然后猛地站起来，走到窗前，背对着房间站在那里，眼睛盲目地瞪着，耳朵听着卡洛琳微弱的声音。

她的声音确实很微弱。她坐起来，把脚放在地上，身子倚在沙发上，一只胳膊肘支撑着她，前额倚在她的手上。她说：

"我不知道该怎么办。我不喜欢科兹莫，但他待我一直像个叔叔。我也搞不清是否喜欢他——我真的不知道。当某人总是喜欢你的时候，你就分不清他说的是不是真话了。"

希娃小姐和蔼地说道：

"他跟你说了什么，卡洛琳小姐？"

"是关于理查德的。"她停住了，长叹一口气，然后有气无力地说道，"他说，理查德在上大学期间陷入了困境。他说这并不是理查德的过错，而是朋友的过错。他知道我不会相信有关理查德的坏话，但他似乎认为，此事一旦败露，理查德会身败名裂。他说有一张伪造的支票，如果败露了，理查德就会坐牢。"

理查德突然转过身来，回到卡洛琳身边。

"亲爱的小疯子！你在说什么？"

卡洛琳挑起泪汪汪的眼睛，哽咽着说道：

"走开——我叫你走开。"

"我不走开！"理查德说。

他很生气，也松了一口气，他真想立刻拽起她，用力摇晃她直到她牙齿打战，然后亲吻她直到她求饶为止。他克制了这些野蛮的欲望，在沙发上坐在她旁边，用有力的臂膀揽住了她的腰。

"他说我是伪造者，应该入狱？请说下去，亲爱的！"

"请你走开。"

他真的轻轻地摇了摇她。

"我不走，你明白我的意思吗？继续讲那个瞎编的故事吧。科兹莫告诉你，为了救朋友，我一时冲动伪造了一张支票，那张支票在你手里吗？"

卡洛琳的面颊上出现了鲜艳的颜色。她眨了眨噙满泪水的眼睛，用柔和而愤怒的声音说："我没有！当然这听起来似乎很蠢，但是如果你听到了他……"

"就算我伪造了支票，他让你相信，我是一个慈善的伪造者，然后呢？"

她的脸色变了。她望着希娃小姐说："我不能像他那样表述——我还不够聪明。我信任他。他说有人知道这件事，必须让他守口如瓶，不然的话，理查德就毁了。所以我给了他五十英镑——他说但愿足够了。但是后来他说不够，我又给了他十英镑，结果还是不够。"

盖尔·布兰登对着炉火说了些什么，瑞秋说：

"哦，卡洛琳，亲爱的！"

理查德的胳膊揽得更紧了，他生气地说：

"你为什么不来找我？"

棕色的眼睛责备地望着他。

"我不能，因为你看，他说得跟真的一样。如果你知道我也知道了，这件事就成了我们永远的障碍。这是真的，理查德——

你不会愿意让我知道这件事的。"

"我是一个伪造者！可我不是！继续说吧！"

她的目光又回到了希娃小姐身上。

"我不聪明。他说得头头是道，合情如理。他说那个人拿到了那张支票，如果我不买下来，他就会去找理查德。我认为这样会伤害到他——哦，你明白我的心思吗？那是多年前的事了。我觉得我应该尽最大努力平息此事——我不想让理查德知道。我不想动用我的钱，因为钱正在被托管。于是，我卖掉了玛丽阿姨给我留下的公寓，卖了两百英镑，结果还是不够，我又卖掉了我母亲的戒指。"

理查德用颤抖的声音说："卡洛琳！"

她立刻转向他。

"我不介意，亲爱的，真的不介意。只有切丽知道这件事，她很震惊。然后是那个可怕的周四晚上。"

"卡洛琳小姐，你能告诉我们周四晚上到底发生了什么吗？"

卡洛琳显得非常苍白。

"喝茶后，我和理查德出去了，我们上了悬崖。他让我嫁给他，我说我不能。我觉得我不能带着可怕的秘密继续下去了。我说如果我们要结婚的话，我不能对他有所隐瞒。所以我拒绝了他。理查德继续向悬崖走去，但我回来了。快到家门口时，我遇上了科兹莫，当时我正在哭，他很善良。他说唯一要做的事就是给勒索者一大笔钱就没事了。他说如果我把遇到的麻烦告诉瑞秋，她一定解囊相助的。他的话让我哭得更厉害了，因为我最不能忍受的就是让瑞秋认为我是为了钱才来找她。于是我跑进了花园的大门。但是有人在那里，我折回来，从小径上跑到大路上，从那里回了家。我没有看到科兹莫，所以我知道他一定是去了悬崖。后来他告诉我决不能说我看见过他，如果我说了，他就会说他在瑞秋摔倒的地方附近见到了理查德。这就是为什么瑞秋说到她是被推下悬崖的时候我晕过去的原因。"

"事实上，我从低处来到了路上，跟你一样回到家里。"理查德说。

"科兹莫说他沿着悬崖小路走了一段路，然后就折回来了。他说，他看见理查德奔卡普奶奶的小屋去了——并且走得很快。他说如果我说见过他，他就把这件事说出来，那么瑞秋会相信是理查德把她推下悬崖的。当理查德说他没有到过悬崖小径的时候，

我想……我想……我不知道该怎么想。"

这时，路易莎发出了刺耳的抽泣声，这抽泣声可能代表着痛苦，另一方面，也可能意味着顿生的不信任。她紧绷着脸，双手攥得紧紧的。

理查德把胳膊从卡洛琳的腰间移开。

"你认为……你认为是我把瑞秋推下悬崖的吗？！"

她突然孩子般地抽泣起来。

"理查德，我没有，我不会那样认为！他说你在生瑞秋的气，他害怕你一时失去了理智。我不相信，但听他这么说，我的脑子乱了，无法思考。"

"我为什么生瑞秋的气？他告诉你了吗？"

"他说……他说他担心勒索者已经等不及我筹钱了。他说他认为那人已经找过你,于是,你想从瑞秋那里搞到钱,她没有给你。"

"所以我就把她推下悬崖!卡洛琳,你真的相信他的话吗?"

他们都忘记了房间里还有其他人。她好像孩子受到大人批评那样说道:"他一直跟我说那样的话,我也辨不清真假了,只感到心如刀绞。"

"你看,"希娃小姐轻咳一声说道,"害死瑞秋小姐需要有很强的动机,弗里斯先生一定是急需要钱,事实上,我们现在掌握的情况正是如此。他非常害怕跟瑞秋小姐的关系破裂,如果卡洛琳小姐或者理查德跟瑞秋说出实情,她肯定与他永远断绝一切关系。他承担着可怕的风险,他不敢继续下去了。因此,经过精心策划,他大胆地谋害瑞秋小姐。如果成功了,没有人会想到他是凶手。但是多亏了布兰登先生,他并没有成功。他依然需要钱,

我的出现让他警觉起来,他害怕卡洛琳小姐开口说出实情。不仅卡洛琳很可能说出科兹莫让她信以为真的关于理查德的谎话,她还会说出五点到六点一刻之间他不在家的事实,因为他去悬崖小径时遇到了她。负罪感驱使他一不做二不休。在周四晚上的某个时候,他把车开出来跑到佩维特角,揭开了井盖。车库上面住的是巴洛,大家都知道巴洛睡觉很死,莫里斯先生不在,理查德先生可能听到了汽车的声音吧?"

理查德摇了摇头。

"我跟巴洛一样,什么也不能吵醒我。"

"弗里斯自然知道这一点。他宁愿冒着被听到的危险,也不

想在佩维特角大白天被人看见。其实根本没有什么风险可言。我觉得瑞秋小姐和布兰登在离开之前提到了别墅和那口井，这是上帝的旨意。我要等到弗里斯离开。他非常明确地说出他的去向，这让我对他的怀疑倍增。大家都在担心卡洛琳小姐，他却不厌其烦地告诉我他要把车停在莱丁顿的一个车库里，然后乘火车去伦敦。为什么呢？当我发现他确实这样做了的时候，我意识到卡洛琳有生命危险。但我相信危险不在伦敦。如果弗里斯希望把大家的注意力吸引到伦敦，那么危险肯定在别处，我问自己在哪里时，我想起了佩维特角那座孤零零的别墅和那口方便作案的井。正如我们现在知道的那样，弗里斯先生在斯达汉姆下了车，在车站附近的老房子与正在车里等他的卡洛琳小姐会合了。谢天谢地，我赶在了他的前面，我们相差五英里的路程。大雾对双方来说都是障碍，多亏了巴洛驾驶技术娴熟，我们及时到达了别墅，阻止一场可怕的悲剧。发现瑞秋小姐和布兰登先生已经在那里了，我自然很惊讶。你还没有告诉过我这是怎么回事呢，特勒赫恩小姐。"

瑞秋的脸上泛起了红晕。

她低声说："我不停地想到井。"

希娃小姐点了点头。

"我们都在想那口井——弗里斯先生——我自己——还有你。井是一种非常危险的设计，并且令人叹惜地过时了。现代卫浴设施不仅方便得多，并且不那么容易勾起人犯罪的意图。黑暗世纪留下来的东西虽然浪漫，但我必须承认，我更喜欢现代的便利设施。"

盖尔·布兰登把手放在他的嘴边。瑞秋匆忙地回头看路易莎。

"路易，你什么都听到了。我想听你求得卡洛琳小姐的原谅。"

路易莎挑起眼睛，目光先是凶猛，而后变成了哀求，但瑞秋的目光告诉她没有商量的余地，路易莎收到了最后通牒。她不愿意，犹豫不决，突然她屈服了。她的手仍然紧紧地握在一起，她站起来，凝视着卡洛琳的头，用一种坚硬而机械的声音说：

"我很抱歉，卡洛琳小姐，但是如果你早说出来，就不会发生这样的事了。"

说完，她走进了瑞秋的卧室里，屋里传出用力开关抽屉和衣柜的声音，她是以此来释放她的情绪。

卡洛琳瞥了一眼理查德那张气呼呼的脸，哭着跑出了房间。理查德更生气了，他起身去追她，"砰"一声关上了门。关门声吵醒了闹闹，这次它同时睁开双眼，嗓子眼里发出抗议的叫声，翻身面向火炉，再一次进入了梦乡。

希娃小姐说了声"乖乖"，并轻轻抚摸它那整洁的脑门儿，

好像她在担心巨大的关门声惊扰了它，然后，她找了个借口离开了房间。

盖尔·布兰登走到卧室的门口，紧紧地关上了门。路易莎发泄的声音已经消退了。他转过身来，伸手搂住了瑞秋，她依偎在他的怀里抽泣着。

"我太失败了，盖尔。你不会娶我为妻了吧？"

布兰登的嘴唇被她的头发粘住了，她没有听清他说了什么，但她推断他很愿意娶她为妻。

　　过了一会儿，他阐述了这个话题。

　　"亲爱的，我觉得你是世界上最优秀的女人，所以，如果你管不好钱，别人就更管不好了，你是最合适的人选。就事论事，说说你的那些亲戚。我不知道他们的初衷是什么，但是这场变故必然会让他们所有的坏品行暴露无遗。这话很难听，但我们必须有这样一场谈话。我不责备你，因为你只不过是一个女孩——你缺乏经验，你父亲让你担此重任，我也不怪他，因为他病得很重，后来因病去世，交代遗嘱的时候，他已经神志不清，思维混乱了。我常常想，为什么人们总是如此重视遗嘱呢？如果有一种遗嘱不应该被重视的话，那就是他的这种遗嘱。因为一个病入膏肓的人，不应该把自己的愿望寄托在别人身上。不管怎样，亲爱的，现在一切都过去了。你把应该给你姐姐的钱给她，如果你愿意，可以保持亲人关系，其他人也一样，钱该给谁就给谁。让他们拿着自己的钱独立生活，如果他们遇到什么麻烦，你不要急于去帮他们，让他们自己解决。不要让他们等着吃食了。那样对你对他们没有任何好处。不管怎样，钱我不要了。"

　　瑞秋觉得自己好像是在大风中。大风似乎吹走了很多东西，但她不在乎，就让它们随风飘去吧。她的脸颊贴在盖尔的粗花呢外套上，她感觉很惬意，但有些扎得慌。她的人生已经走过了一半，但还有另一半即将到来。

　　盖尔用有力而温柔的手托起她的下巴，说道：

　　"你真正想要的是一个属于你自己的家。"